黄金の獅子は天使を望む

アマンダ・チネッリ 作

児玉みずうみ 訳

ハーレクイン・ロマンス

東京・ロンドン・トロント・パリ・ニューヨーク・アムステルダム
ハンブルク・ストックホルム・ミラノ・シドニー・マドリッド・ワルシャワ
ブダペスト・リオデジャネイロ・ルクセンブルク・フリブール・ムンバイ

THE BUMP IN THEIR FORBIDDEN REUNION

by Amanda Cinelli

Published by Harlequin Japan, a Division of K.K. HarperCollins Japan, 2024

アマンダ・チネッリ

ダブリン郊外のイタリア系アイルランド人の大家族に生まれ育つ。ロマンスへの情熱は、母が好きだったミルズ＆ブーン社の小説を 12 歳の時に“借りた”ことから始まった。その後、活発すぎるほどの想像力のはけ口としてみずから物語を書き始め、初めて書いた作品が新人発掘コンテストで優勝。3 人の幼い娘たちの世話をするかたわら、ラブストーリーを執筆している。

主要登場人物

イザベル・オサリヴァン……挿絵画家。愛称イジー。
ジュリアン・リャン……イジーの夫。故人。
ピーター・リャン……ジュリアンの父親。
グレイソン・コー……ジュリアンの親友。〈ヴァーダント・レース・テック〉ＣＥＯ。
元レーサー。
アストリッド・ルイス……グレイソンの代理人で友人。
ルカ・ルイス……アストリッドの息子。グレイソンの名づけ子。

1

なにかがおかしいという感覚は強くなっていった。

クリニックの内装はホテルそっくりだったけれど、病院が苦手なイジーは吐きそうだった。診察台に移動したときは、シーツから出ている鮮やかな色をぬられた足の爪を見てほほえみ、緊張をほぐそうとした。

昨日の夜、親友のイヴがその足の爪に小さな花とマルハナバチを丁寧に描いてくれたことを思い出し、胸がいっぱいになる。〝だって、あなたは病院よりハチのほうが怖い人だから、こうしておけば二つが打ち消し合ってくれるでしょう?〟

アイルランドの里親制度のもとで育ったという共通の過去を持つ二人の友情は、家族への愛情に近いと言ってもよかった。しかし、イヴには新しい家族ができた。同性婚の妻のモイラがもうすぐ第一子を出産するのだ。

私は一人でも大丈夫。誰にも頼る必要はない。

イジーことイザベル・オサリヴァンはスイスの不妊治療クリニックの壁に貼られた、ぽっちゃりした赤ん坊たちの写真を見てとてつもない高揚感を覚えた。今日が始まりになる。来年の今ごろには私の子供の写真もこの壁に飾られ、その隣にいる私の顔は母としての喜びではちきれそうになっているはずだ。

私はついに母親になる。

急患で呼び出された医師が戻ってきてくれれば。

二時間前、イジーは磨きあげられた大理石の受付カウンターに時間どおりに到着した。しかしスタッフはカルテをさがすのに苦労し、彼女を待合室に座らせたまま何度も電話をかけた。時間がたつにつれ、看護師が診察室に入ってきた。その看護師は一時間前にイジーに服を脱ぐよう指示し、彼女が〝裸になる前にデートに誘われたかったわ〟とへたな冗談を言っても表情を崩さなかった。イジーが豊満な体を隠しながらすり切れたバイクブーツを脱ぐときには、舌打ちさえした。

クリニックに行くのにおしゃれをする必要があるとは思っていなかったけれど、待合室で投げかけられた同じような視線から判断するに、ロックTシャツとレギンスという格好はちょっと問題らしかった。

亡き夫の精子による人工授精を受けるのにドレスコードがあるのかと尋ねたい衝動を抑え、そのときイジーはほかの女性たちに向かってにっこりした。

シンガポール人のプレイボーイ、ジュリアン・リャンとの短い結婚生活の間も、彼が属していた世界になじめず冷たい視線を向けられていたから慣れっこだった。北極の天候の影響を受けて大混乱に陥っていたダブリン空港からチューリッヒにどうにかたどり着く間も、動揺せずに冷静な行動を心がけた。

しかし、看護師はもはや無表情ではなかった。どちらかといえばカルテをめくりながら少し緊張した面持ちで、冷たい診察台の上で両足を動かしているイジーを横目でちらちら見ている。

男性看護師がやってきても、イジーは反応するまいとした。彼は慎重に平静を装っていたが、激しい口調で厳しい顔をした同僚に何事かささやいた。それから二人は同じ表情で、数週間前にイジーがオンラインで苦労して記入した書類をめくりはじめた。

イジーは硬直し、間違いがないとわかっていてもなにか言われるのを覚悟した。失読症なので文章を書くことはむずかしかったけれど、支援ソフトを使って二度間違いがないか確認してあった。

ジュリアンが数カ月間子作りに励んだすえに人工授精を考えてくれないかと頼んできたとき、イジーは自分との子供を持つためならなんでもするつもりでいる夫をすばらしいと思った。駆け落ちした際の彼がドラッグ依存症の更生施設から出てきたばかりだったことも、家の財産を相続するための最終手段として自分を利用したことも知らなかった。

　そんな話をしてもジュリアンは約束と美辞麗句を並べたて、イジーにスイスまでの航空券と不妊治療中に滞在する壮麗な別荘の住所を送ってきた。それに当然、〝あのときは酔っぱらっていたのに、信じるなんてどうかしている〟と言った。

　しかしイジーは、彼が初めて真実を口にしたと思った。急にそれまでの結婚生活の正体に気づき、夫から離れなければならないと悟った。

　自分の家族を持つという夢を頭から追い出し、離婚に踏みきる勇気をかき集めるのは簡単だった。だが、離婚する前にジュリアンは亡くなった。彼がドラッグを過剰摂取したのは事故と断定されたが、本当のところはわからなかった。

　イジーはジュリアンを愛していたわけではなかった。知り合ってたった二週間で結婚すると決めたときは、愛していると信じていた。彼は魅力的で楽しい人だったし、大好きだった養育係《ナニー》の仕事を続けられなくなって当時は動揺していた。ジュリアンの親友で病的にうぬぼれたレーシングドライバーのせいで突然職を失ったため、なにかせずにいられなかったのかもしれない。

　十六歳で学校を中退して以来、イジーはウエイトレスからウエディングシンガー、サーカス団でのフェイスペインターまで、いろいろな仕事を経験してきた。なんでも挑戦したい彼女には、一つの職業に就いて満足している人の気持ちが理解できなかった。ナニーの仕事を得たのも偶然、ある裕福な家庭がパーティで子供たちにフェイスペインティングをする彼女を気に入ったからだった。

家から家へと海を渡って転々とし、世界を見てまわるのは刺激的だった。やがてそういう生活は日常となった。

エリート・ワンというモータースポーツ選手権で活動するレーシングチーム、ファルコ・ルーの広報責任者アストリッド・ルイスに雇われたときは、幼い息子ルカの面倒を短期間だけ見る契約だった。だがイジーは子供ともシングルマザーとも意気投合し、二カ月の契約は丸一年に伸びた。

世界じゅうで開催される華やかなレースについてまわり、愛らしい幼児の世話をするのは夢のような仕事だった。けれど、イジーは執着しすぎた。

見放されることは彼女にとって最大のトラウマだった。幼いころ、あちこちたらいまわしにされた心の傷はいまだに消えない。彼女は目を閉じ、すばらしい日になるはずのこの長い待ち時間につらい記憶をよみがえらせまいとした。

二十五歳で夫を失ってから二年、イジーは生まれて初めて一箇所にとどまり、ずっと目をそらしてきたトラウマを克服しようとしていた。

まず生まれて初めて自分の家を買った。一年かけてリフォームをする必要はあったけれど、古々しい小さなコテージはとにかく彼女のものだった。住宅ローンは本の挿絵の仕事で払った。絵を描くのは好きなので、アストリッドとの契約が終わってその仕事ができることには感謝していた。

ジュリアンからの最後の贈り物――つまりこのクリニックに保存してある彼の精子を受け取ることは、ずっと憧れていた夢をかなえる一生に一度のチャンスだった。私は誰にも奪われない、自分だけの家族を持ちたい。

そう思うと胸が温かくなり気力がわいてきて、イジーは目を閉じたまま、ゆっくり息を吸っては吐いて心を静めた。息を吐くたびに集中し、吸うたびに静かなオアシスを想像する。しかし聞こえてくる声はますます険悪に、言い争いに近くなっていた。

イジーはため息をついた。カウンセラーから教わった呼吸法なら、この過度の緊張をほぐせると思ったのに。

診察室のドアの外からまた大声が響き、我慢できずに体を起こした。どうやら今日の彼女は呪われているのか、施術を受けられそうになかった。

「ミズ・オサリヴァンという患者は一人しかいません。これ以上の処置が必要とは思いませんでした」

イジーは全身の力が抜けるのを感じた。これ以上の処置？　ジュリアンはクリニックにお金を払っていなかったの？　亡き夫はお金の使い方がへたな人だった。

目を閉じて貯金の額を思い出し、それで問題が解決しますようにと祈った。妊娠可能な時期に入ったばかりなので、銀行の振り込みに時間がかかったとしてもあと二、三日はチューリッヒにいられた。

明日また来ればいい。大丈夫よ。

イジーはもう一度深呼吸し、診察台から下りようとした。しかし、廊下で聞き覚えのある声がひときわ大きく響いたので、その場に固まった。

「彼女はどの部屋だ？」

問いただす氷のような声には冷静な脅しが含まれていた。これまでの人生で一人の男性からしか聞いたことのない口調だ。でも、彼がスイスにいるはずがない。

ドアが開け放たれると、イジーはあわてて診察台に戻り、どうにかシーツを腰から下にかけた。

クリニックのスタッフ数人が、肩幅の広い人物のまわりに心配そうに群がっていた。不機嫌な顔をした看護師がドア口にいるので、よくは見えない。だが謎の人物がしかめた顔を上げると、看護師がドア枠にぶつかるまで後ろに下がった。「いけません」

看護師が興奮と緊張で声を張りあげた。「私はあなたの大ファンですけど、ここには決まったパートナーか患者さんが知っている人しか入れないんです」

「彼女は僕を知っている」

男性が診察室に入り、茶色の瞳をイジーに向けた。

「そうだろう、イザベル？」

伝説のレーサー、グレイソン・コーの完璧な唇から自分の名前が出てくるのを聞いて、イジーは凍りついた。ほんの一瞬、彼のもとへ駆けよりたいというとんでもない衝動に駆られたのは、午前中ずっとよそよそしい人たちの間で待たされた中で唯一の顔見知りだったからだ。しかし表向きはそうであっても、二人は決して友人ではなかった。そう思っていた短い時期はあったけれど。

ジュリアンの遺体がリャン家のプライベートジェットに積みこまれるのを、二人が肩を並べて見守ってから二年がたっていた。そのときイジーはグレイソンから、そもそも彼の親友と結婚すべきではなかったと告げられた。そして、リャン家と完全に手を切るよう彼女に金を差し出した。

思い出して、イジーは血圧が上がるのを感じた。

グレイソンは全員を無視し、診察台で座ったまま固まっているイジーだけを見ていた。彼の目はイジーの半身を性急に一瞥《いちべつ》してから、彼女のそばにある滅菌された器具やチューブが整然と並ぶ医療用ワゴンにそそがれた。

サーキットの内外では氷のような冷静沈着さで有名な男性なのに、今は見たこともない荒々しさが伝わってくる。

口を開いたとき、グレイソンの声は乾いてうわずっていて、言葉を発するのに苦労しているようだった。「遅すぎたか……もうすんだのか？」

「あなたには関係ないでしょう？」イジーは無意識のうちに腕組みをして自分を守った。喉元の脈は激しく打っていた。「どうしてここに？」医師や看護師たちが見ているのに、自分の声が弱々しいのがいやだった。グレイソンのなにも見逃さない鋭い視線が、こちらの一挙手一投足を追っているようで身震いした。

「人工授精だ」彼が目を細くした。「イザベル、もう終わったのか？」

イジーはたじろいだ。驚きのあまり凍りついたものの、恥ずかしさと怒りがこみあげた。個人的な用事に割りこんできて、まるでこちらが悪いことをしたかのように思わせるとはまったくグレイソンらしい。険しい表情は、彼の名づけ子のルカを連れてサーキットを訪れるたびに目にしたものと同じだ。あのころ、グレイソンにとてつもなくのぼせあがっていたなんて今では考えられない。

「ここに押しかけてきて、そんなことをきくなんて何様のつもり？」全身にストレスがかかり、失神しそうになっていたイジーは、できる限り声に力をこめて尋ねた。

いいえ、グレイソンがここに現れたのは今日だからだ。ほかの日ではありえない。

ジュリアンの死からわずか数時間後にダブリンの病院に現れたあの日も、グレイソンの顔には感情があらわだった。彼はメディアが伝えるほど冷酷非情な男性ではなかった。ただ飄々《ひょうひょう》と、静かな自信をのぞかせながら誰にもできないことを口にするので悪名高いだけだった。それは世界でもっとも速いスポーツの伝説的存在として、己の才能に揺るぎない自信を持っていたからだ。

洗練されたレーシングスーツにトレードマークのゴールドのヘルメットをかぶった姿は〝黄金の獅子〟と呼ばれ、いつでも悪魔のようにすてきだったが、引退した現在はシャツとスラックスという格好でクリニックを訪れていた。そういういでたちでもとてつもなく魅力的で、イジーは体がほてった。

グレイソンの引退のニュースは衝撃的で、無視はできなかったものの、深くは考えまいとした。夫であり親友だった人が息を引き取った日、彼にはひどい言葉をかけられたのだから。

当時はグレイソンに責められていると思った。もしジュリアンが私を追ってダブリンに来ていなければ、妻を取り戻すまではどこにも行かないと決めていなければ、彼はドラッグを過剰摂取したりはしなかったかもしれない。でも、今となっては誰にも真相はわからない。

イジーがジュリアンに何度もチャンスを与えたのは、夫の心の葛藤に気づいていたためだった。それは里親から独立したあと、人生につまずいた友人たちがかかえるむなしさと孤独に似ていた。けれど、彼女にはイヴがいた。

グレイソンが診察室のドアを閉めてイジーのほうへ向かってきた。「ここへ来る前に僕に相談しようとは考えなかったのか？　僕が気づかないとでも思ったか？」彼の視線は冷ややかだった。

「なぜあなたに相談する必要があるの？」

イジーは膝の上のシーツを直した。もしかしたら私は診察台で眠っていて、奇妙でくだらない夢を見ているのかもしれない。

「もしあなたがリャン家を代表して来たのなら、私はすでにすべての法的権利を放棄する書類に署名したわ。ジュリアンの妻である私と同じく、その子供にもなんの援助もないことはよくわかってる」

「その子供？　なぜ君は……」グレイソンの整ったな顔に愕然《がくぜん》とした表情が浮かんだ。「なんてことだ。君は知らなかったんだな？」

「なんのこと、グレイソン？　あなたは関係者以外立ち入り禁止の診察室に押しかけてきただけで、私がなにか間違っていることに気づくと思ったの？」

イジーは大きく息を吸った。「あ……あなたがジュリアンの代わりにクリニックにお金を払ってたの？　だから私に返してほしいの？　それとも、もうお金を払う気はないと言いに来たとか？」

グレイソンが低い声で悪態をついた。「僕がモナコの会議を抜け出し、制限速度を超えるスピードを出してまでここに来たのは借金の取り立てのためだ、と君は思っているのか？　僕が来たのはクリニックとの契約を破棄するためだ。すべてを終わらせる。ずっと前にそうすべきだったんだ」

大変だった一日を乗りきる力をくれていた希望をつぶされ、イジーはぞっとした。私が欲しいただ一つのものの前に立ちはだかる人物がグレイソンだなんて、どれだけ運が悪いの？　ファルコ・ルーにつき従った一年間、グレイソンは氷のようによそよそしく、私を嫌悪していて、自分が名づけた子供のナニーにふさわしくないと思っていた。そして今は、私が子供を持つのをじゃましようとしている。

「そんなことはさせないわ、グレイソン。どうにかして費用は捻出するから」イジーの声には衝撃と怒りがまじっていた。

しかし財力と影響力のある彼が反対すれば、太刀打ちできないのはわかっていた。それにたとえ自費でまかないたくても、全額は無理なのも。

グレイソンは相変わらず鋭い視線を向けていた。

「まったくいまいましい場所だ……」ののしりの言葉を吐き、角張った顎にうっすら生えた無精ひげをこする。「君は今まで知らなかったのか？」

相手の尊大な口調をそれ以上聞いていられず、イジーは肩をすくめた。何人もの人にさげすまれ、最悪な気分を味わった今日一日にうんざりし、怒りを覚えていた。「いいえ、知っているわ。この二年間よく考えた結果、〝子供を産んでほしい〟というジュリアンの最後の願いをかなえるために、私は今日このクリニックに来た。それが亡くなる前日に私に言った最後の言葉だったから。よりにもよってあなたに電話してほしいという言葉を除けばね。契約の破棄なんてさせないわ」今にも涙が出そうで、最後の言葉には嗚咽《おえつ》がまじっていた。

ここで泣き崩れないために、頬の内側を強く噛《か》んだ。グレイソンにはいなくなってもらいたかった。彼が姿を消せば、慎重に立てた当初の計画に戻れる。来週まで仕事はない。新しい年に新しいスタートを切るつもりだったのに、グレイソンにはばまれるなんて。

「僕に関係ない話じゃないんだ」一歩踏み出した彼の険しい顔には奇妙な表情が浮かんでいた。「イザ・ベル、君に話さなければならないことがある――」

「出ていって！」イジーは急いで診察台から下りながら叫んだ。「私は話したくない。あなたには好きなだけ私のじゃまができる富と権力があるのかもしれないけど、ここは関係者立ち入り禁止の診察室で、あなたが勝手に押しかけているだけなのよ」

グレイソンがぴたりと動きをとめ、イジーがあわてて腰に巻いたシーツから伸びている素足に目をやった。「そうだ」さっと目をそらして彼が言った。「服を着てくれ。僕は医者と話をしてくる。それから……僕たちの状況について話し合おう」

この人は今、本当に〝僕たちの状況〟なんて言葉を使ったの？

けれど、イジーはわざわざ否定しなかった。なにも言いたくなかった。グレイソンを診察室から押し出し、ぴしゃりとドアを閉める。一人になると、額を冷たい木のドアに押しあてた。

呼吸はなかなか落ち着かなかった。

医療用ワゴンの上の器具を見ているうち、めまいに襲われた。新鮮な空気を吸いたかった。外に出て深呼吸をし、尊大なグレイソン・コーから離れなくては。彼がいなくなれば、問題はなくなるかもしれない。

イジーはもう一度深呼吸をすると、つのるパニックを抑えつけ、できるだけ急いで服を着た。

グレイソンは医師がオフィスのドアを開けるのも待たず、中に入って両手を彼女のデスクについた。

「ミスター……ミスター・コー」医師がおどおどしつつ口を開いた。「このような事態になったことを深くお詫《わ》びします。契約はすでに破棄され、保存していた精子は処分しました」

「そうか」彼はうなった。「では、そもそもどうしてこんなことになったのか聞かせてもらおう」

「あの、ミズ・オサリヴァンはご主人が亡くなる前に人工授精の予約を入れていました。ですからリストには〝一時休止〟となっていて――」

「彼女は精子が僕のだとは知らないんだ」グレイソンは奥歯を噛みしめた。「それは規約違反じゃないのか」

医師が姿勢を正した。「違反にはなりません。彼女は契約書にサインしていますから」

「だが、彼女が僕の精子だと知らないのは明らかなんだぞ」グレイソンは一語一語を強調して目を閉じた。〝ここへ来る前に僕に相談しようとは考えなかったのか〟と問いかけたとき、彼女はわけがわからないという顔をしていた。僕がジュリアンに頼まれたことについて彼女がなにも言わないのは、僕を嫌っているせいだと思っていた。

〝妻はどうしても子供が欲しいんだ〟かつてジュリアンは懇願した。〝僕が彼女に子供を授けられないのは君のせいだぞ〟

今日も彼女は自分の計画を――希望を語っていた。そして僕はまた悪者になった。

罪悪感がこみあげてきた。「彼女は今日、亡き夫の精子で人工授精を受けると思っていたぞ」

　医師が立ちあがって肩をいからせた。「私たちは施術の前に、必ず関係者全員にじゅうぶんな説明を行っています。ですから――」

　グレイソンはふと思った。「その全員には文書で説明したのか？」

「この場合はそうでした。アイルランド在住ですので、当クリニックにミズ・オサリヴァンが来院したのは今日が初めてです」

　イザベルは失読症を公にしていないが、幼い名づけ子からナニーの高性能な携帯電話アプリの話は聞いていた。よく観察していると、彼女はさまざまな方法で自らの障害とうまく折り合っていた。

　医師は書類で顔をあおぎながら歩きまわっていた。彼女も間違った男性の精子を人工授精する寸前だったと悟ったらしい。「今朝のあなたからの留守番電話のメッセージには、施術を延期してほしいとしかありませんでした。なので支払いに関するクレームだと……」

「僕の社会的立場を知らないのか？　そんな極めて個人的な情報を留守番電話に残すと思うか？　とんでもない。僕は吹雪のヨーロッパを車で横断しなければならなかったんだ。モナコから飛ぶ飛行機が全便欠航になったから」

　ひどくつらい旅だった。そしてチューリッヒに到着すると、親友の寡婦が診察台で二人の人生を永遠に結びつける施術を待っていた。

　精子を提供してわずか数日後に契約を破棄したくなったのには理由があった。イザベル・オサリヴァンが自分の子を妊娠するところを想像したのだ。

　グレイソンは目を閉じてどうにか息を吸い、眉間をつまんだ。あと三十分遅かったら、本当にそうなっていたかもしれない。

　すると、彼の中で暗く貪欲ななにかが首をもたげた。イザベルがジュリアンの妻になったあの駆け落ちから三年、その感情は葬り去ろうとしてきた。慎重に保っていた距離を縮め、僕が暗いピットガレージでイザベルにキスをしたら、彼女は親友の腕の中に飛びこんでしまった。友人のアストリッドに無理を言ってナニーの契約を更新しないでくれと頼んだのは、イザベルを好きなだけ追いかけられるようにしたかったからだったのに。

僕が精子を提供したと、ジュリアンがイザベルに伝えなかったのも無理はない。二度と信用しないと決めた男からそんな援助を受けるなど、彼女が承知するはずがない。

ジュリアンはイザベルと出会うまで結婚や子供にはみじんも興味を示さず、独身貴族としての生活を謳歌《おうか》していた。親友から精子の提供を頼まれたとき、グレイソンは子供の父親だと名乗り出たりはしないと誓っていた。ジュリアンはレースでの事故が原因で二度とハンドルを握れなくなったうえ、生殖能力を失っていた。だから、親友にできる限りのことをしたかったのだ。

どちらもレーシングドライバーだった当時、二人はエリート・ワンをめざして競い合っていた。家政婦と運転手の息子だったグレイソンは、モータースポーツの世界から追い出されないために、億万長者のピーター・リャンの庇護《ひご》を必要としていた。たとえ、親友にレースをあきらめさせることが条件だったとしても。

ジュリアンのことを思い出すと喉が締めつけられるような感情に襲われ、グレイソンは目を閉じた。グレイソンの父親と母親がリャン家の使用人だったにもかかわらず、両家の親たちは親しかった。リャン夫妻はグレイソンによくしてくれ、イギリスの私立学校でジュリアンと一緒に学ぶための学費まで出してくれた。だがそういう事情は最終的に、二人の友情にくさびとなって打ちこまれた。

　まったく、ジュリアンの嘘《うそ》がいまいましい。イザベルが夫を突然失ったのは、あまりに残酷な仕打ちだった。彼女は赤ん坊をジュリアンとの最後のつながりと考えているのだろうか？

「僕と一緒に来て説明してほしい」グレイソンは体を起こし、ドレスシャツのボタンをはずした。

　クリニックでの人工授精費用が引き落とされるという銀行からの通知を受け取って、彼はシンガポールで開催されるチャリティレースの打ち合わせをあわてて抜け出してきたのだった。

「もちろんです」医師が緊張して咳《せき》ばらいをした。

　クリニックのスタッフたちは、裁判に発展するのではと思って震えあがっているようだった。だが、グレイソンは不当な扱いを受けた本人ではなかった。

「彼女が訴えると言ったら、責任は僕が取る。あなたたちには彼女と話す手伝いをしてほしい」

「わかりました」医師が廊下にいた看護師を呼んだ。「ジャンニ、ミス・オサリヴァンをもっと快適な診察室にお連れして」

　看護師が顔をしかめた。「彼女なら少し前に出ていきましたが」

「なんだと？」グレイソンは血圧が急上昇するのを感じた。

「かなり動揺しているようでした。外の空気が吸いたいとつぶやいたあと、車で行ってしまいました」

「この天候の中を？」医師が驚いた。「空港も駅も閉鎖されていて、遠くへは行けないのに」

　グレイソンは小声で悪態をつき、廊下に出てクリニックの出口に向かった。三年前の過ちを繰り返すつもりはなかった。イザベルも同じだろう。僕はすべてを説明しなければならない。

2

イジーは初めて経験する大雪の中、小さなレンタカーで山道をのぼっていくことに集中していた。早めの便で帰ろうと電話をかけると、空港は悪天候のため、今日は全便が欠航になったと言われた。熱い涙がこぼれそうで目を閉じられなかった。泣いてもなにも始まらないことは子供のころに学んだのに。解決策が見つかるまでは現実的に考え、耐えるしかないのだ。

けれど今回は……どうすればいいのか見当もつかない。クリニックの費用をまかなうだけの財力はないし、グレイソンに施しを求めるのも論外だった。彼は権力者であるリャン家側の人間だった。リャン家の人々は息子のジュリアンとイジーの結婚を認めず、彼女を金めあての女と公然と非難した。

あと数キロでジュリアンの手紙に書かれた住所に着く。その住所は人工授精が成功したあとで落ち着こうと思っていた場所だった。決して失望を癒やす目的で訪れるつもりはなかった。

イジーは唇を痛くなるまで噛《か》みしめ、気力を奮い起こした。とにかく目的地まで行こう。そうすれば、完璧に練った計画のくるいを修正できる。

雪が降り積もるようすから判断して、少なくともひと晩はそこにとどまることになりそうだ。この曲がりくねった山道がいかに街から離れているのかに気づいて、イジーは不安になった。道路はきちんと整備されているのに、車は何度かスリップし、ガードレールにぶつかりそうになった。

山小屋風の別荘はそれほど遠くないはずだ。携帯電話の地図によると、目的地は次のカーブを曲がった先のようだけれど、道はどんどん急勾配になっている。

カーブの途中に現れた小さな待避所に、イジーはゆっくりと車をとめた。このまま危険を冒して走りつづけるより、数キロ歩いたほうが安全だろう。本当は街でホテルをさがしたほうがよかったけれど。

小さな一泊用の旅行鞄《かばん》をつかんだ彼女は、はいているのがキャンバス地のスニーカーではなく防水性のブーツだったことに感謝した。しかし、革のコートの襟元からは氷のように冷たい風が吹きこんできた。しばらく進むうち、ブーツもそれほど実用的ではなかったのに気づいた。このままでは薄手のコットンの靴下にとけた雪がしみこみ、すぐに別荘の中に入らなければ凍りついてしまいそうだ。

小道の頂上にある重い門にたどり着くころには息はあがり、体は震えがとまらなかった。

アイルランドではこのような吹雪に見舞われると、国全体が何日も機能を停止する。しかしスイスなら凍《い》てつく天候にもびくともしないのでは、と楽観視していた。

ようやくイジーは白い操作パネルを見つけ、急いで携帯電話を取り出すと、門のオートロックを解除する暗証番号を表示させた。焦ったせいで何度も入力するはめになったものの、音が鳴って門が開き、ガラスと天然の木でできた見事な建物が現れた。

別荘は山の斜面に沿って立っていた。けれど正面に見えるはずの絶景も、今は雪でまったく見えない。右手の生け垣の向こうにある階段は、おそらく玄関ドアへ続いているのだろう。けれどイジーはこごえ、山道をのぼったせいでくたびれはてていた。

ジュリアンは私をここに連れてくる気だったのかしら？　そうすれば私と仲直りできると思っていた？　嘘《うそ》をついて操ろうとする人とはやり直せないと、私は彼に何度も言った。

　彼女は壁の別の操作パネルに暗証番号を入力し、重いガレージの扉を開けた。雪から逃れたくてたまらなかったので、暗い地下室の暖かさに安堵《あんど》の声をあげながら足早に中に入る。明かりが自動でゆっくりと点灯していくと、エンジンオイルとゴムの匂いのする洞窟のような作業場が現れた。目の前には何台もの車が並んでいる。完全に組み立ておえたものもあれば、吊《つ》りさげられたままハイテク機器に囲まれているものもあった。

　イジーは車の列に沿って歩き、ガレージから屋内へ入るドアをさがした。そこにも暗証番号を入力する操作パネルがあった。

　ドアが開くとさらに暖かい空気が流れこんできて、感謝しながら階段をのぼっていく。

　この別荘を〝山小屋風〟と呼ぶなんてまったくばかげている。今いる玄関ホールは山頂の隠れ家というより、ブティックホテルの入口のようだ。床には温かみのあるオーク材と磨きあげられた石が使われ、洗練された調度品とまばゆい金色にアクセントとして赤が入ったテキスタイルが飾られている。居間には四方を床から天井まであるガラスで囲まれた暖炉と、豪華なL字型の赤いビロードのソファがあった。圧倒されながらのぞいた階上の寝室にはどれも、これまで使ったどのベッドよりも大きな四柱式ベッドが鎮座し、眼下に広がる壮大な渓谷を眺められた。

　イジーは自分が侵入者みたいな気がし、いるだけで緊張がつのった。しかし外の吹雪を見れば、今夜ここに泊まる必要があるのは明らかだ。不安だったけれど、無理やり階下の赤いソファに腰を下ろし、ビロードのヘッドレストに頭をあずけた。

　見知らぬ土地で雪にうもれるかもしれないという想像も、いつ別の里親のもとに送られるのかとおびえながら育ってきたイジーにとっては大したことではなかった。おかげで強くなった。問題をかかえた十代の家出少女を母に持ったためにつらい人生を送ったが、そこからは抜け出した。美しかった生みの母親のような犠牲者にはなりたくなかった。今日あったことにも負けるつもりはない。

子供は絶対に授かってみせる。なにがどうなっているのかわかっていないのかもしれないけれど、一人の男性に屈服させられ、あきらめるわけにはいかない。

診察室のドア口に立つグレイソンの姿が、まだ脳裏に焼きついていた。グレイソンがジュリアンの遺体につき添ってシンガポールへ旅立って以来、イジーは彼に一度も会っていなかった。リャン家は彼女を葬儀には呼ばなかった。イジーが婚家と争うつもりも経済的な保障を求めるつもりもないと知ったとき、グレイソンは怒っているようだった。

イジーは二日間だけ、グレイソンのやさしさに触れて警戒を解いたことがあった。遺体を運ぶ手配をするかたわら、彼はイジーのために市内のホテルのスイートルームを取ってくれた。そして悲しみに打ちひしがれている彼女をなぐさめ、気づかい、食事をとらせ、悪夢にうなされたときには同じ部屋のソファで寝てさえくれた。

最後に会ったのはジュリアンが亡くなるおよそ一年前、シンガポールへ発《た》つ前夜だったことを考えると、イジーは気まずいとは思わなかった。ピットガレージでのキスについてグレイソンと話したことはないけれど、忘れたことはなかった。そのあと、養育《ナニー》係をくびになった件についても。

短い結婚生活の間グレイソンからは無視されつづけていたものの、イジーは夫の死を一緒に悲しむうちに、もしかしたら彼を誤解していたのかもしれないと思った。もしかしたら、グレイソンはメディアが伝えるような血も涙もない病的にうぬぼれた人物ではないのかもしれない。火葬場で並んで立っていたあの静かな時間、グレイソンは私の手を握っていてくれた。

ジュリアンは、レースについてまわるようになったイジーがグレイソンに心を奪われていたのを知っていた。グレイソンがアストリッドに契約更新をしないよう頼んだ事実に傷ついたせいで、衝動的にジュリアンと行動をともにしたのも承知していた。

けれど、当時のイジーは自分の行動の奥にある理由にまったく気づいていなかった。他人と絆《きずな》を築くことに関して根深い問題があるのはわかっていた。ジュリアンが亡くなってから、彼女はようやくその問題を解決しようと行動した。人生の次の段階へ進むことにしたのだ。家族を持ち、心のふるさとと思える場所をつくり、人生で初めて一箇所に落ち着こうと決心した。

アストリッドがイジーをナニーとして雇ったのは、レースの新シーズンに向けて忙しくしている最中に、それまでのナニーに辞められたからだ。彼女の二歳の息子ルカはレースが大好きで、伝説のレーシングドライバー、グレイソン・コーの名づけ子でもあった。ルカをかわいがっていたファルコ・ルーのチームスタッフは、イジーのことも両手を広げて歓迎してくれた。

まあ、一部の人は違ったけれど。

初めて会った日からグレイソンはイジーに冷たかった。人並みはずれたドライビングテクニックと才能を持つ彼の強烈な個性は世間によく知られていた。その顔立ちは、これまで彼女が目にした中でもっとも整っていた。

鋭いまなざしを向けるグレイソンはあらゆるものの支配者のようだったけれど、彼の笑顔は温かく、イジーは心をわしづかみにされた。そして数カ月を過ごすうち、グレイソンに恋心を抱いていた。

遠征中は多忙でチームを離れられないファルコ・

ルーのスタッフたちは、休日には一緒に食事をしたりストレスを発散したりと、親しい友人同士として接していた。

ところがグレイソンはあっさり受け入れられたイジーに不信感を持ち、休日になると彼女とルカの前に現れた。アストリッドは、なぜ彼が今までよりも頻繁に名づけ子を訪ねてくるのか不思議に思っていた。イジーはたぶんしょっちゅう髪の色を変える自分を節操がないとグレイソンは判断していて、ルカが悪い影響を受けないか心配しているのだと考えていた。

あの日、ピットガレージでキスをされるまでは。

シーズン最終戦のあとだったので、グレイソンとのキスの一件は誰も知らないはずだったけれど、それ以来アストリッドはイジーの前で奇妙な行動をとるようになった。そしてシンガポールでの最後の夜、ロンドンに戻る前のパーティで、ナニーの契約を更新しないと告げた。

バケツで冷水を浴びせられたに等しい衝撃を受けたイジーは、アストリッドが自分を抱きしめ、もし興味があるなら本の挿絵を描く仕事を紹介できると言ったのをぼんやりとしか覚えていなかった。まともに覚えているのは明るい笑みを浮かべ、パーティの残りを精いっぱい楽しもうとしたことくらいだった。

そして大量のアルコールを飲んだあと、ジュリアンの腕になぐさめを求めた。彼はとても話しやすく好奇心旺盛で、彼女をたくさんほめ、思っていることをなんでも話してくれた。

翌日、ジュリアンから友人として一緒にバリへ行かないかと誘われたとき、イジーはつらい拒絶から逃げるチャンスに飛びついた。彼は、イジーがいつか誰かから聞きたいと思っていたことを口にしてくれた。彼女を好きになったから、落ち着いて家庭を築きたいと考えていると。

二人は数週間後に結婚した。

グレイソンはひどく激怒して、何度かジュリアンに電話をかけてきたらしい。魅力的で楽しいことが大好きなジュリアン・リャンをたぶらかした女と人々に思われても、イジーは驚かなかった。二人の駆け落ちに隠されたつらい真実を告白したとしても、信じてもらえるとは思わなかった。

実は破産寸前だったジュリアンは、裕福な両親に将来相続する財産を渡してもらうには、孫を差し出すのがいちばん手っ取り早いと考えていた。

不気味なほど見覚えのある黄金のヘルメットが描かれた印象派風の大きな絵を見あげているのに気づいて、イジーは固まった。絵はあまりにも見る人にどういう効果を与えるかを考えて飾られていて、これまで無視していた警戒心がわきあがった。彼女は立ちあがり、ますます強くなっていく感覚を否定する理由をさがしまわった。ところが案の定と言うべきか、周囲を見れば見るほど至るところに正反対の証拠があった。

壁や棚は金色のトロフィーを入れた数えきれないほどのガラスケースでうめつくされていた。イジーは近づいてトロフィーの台座に刻まれた名前に目を凝らし、火傷《やけど》でもしたかのように飛びのいた。

ジュリアンは私をグレイソンの家に行かせたかったの？

グレイソンに人工授精の費用を払わせた事実を隠していただけでなく、亡き夫は私に友人の別荘の暗証番号を教えていた。

どれも意味不明な行動だった。けれどジュリアンがなぜそんなことをしたのかわかるまで、ここにとどまるつもりはなかった。

しかしイジーが鞄を持って玄関ホールに駆けこんだちょうどそのとき、玄関のドアが大きな音をたてて開いた。雪が舞う中に、いちばん会いたくなかった男性の人影が浮かびあがる。

「いったいどうやってここまで来た？」グレイソンがうなった。

「歩いてきたの」身を縮めまいとしつつ答える。

「この吹雪の中を？　身の安全も考えずに？」彼が勢いよく息を吸い、胸に手をあてた。「君は山道に車を乗り捨てていたから、僕はてっきり……」

イジーはグレイソンを見た。この人は私が怪我《けが》をしたと思ったのだ。彼の息は荒く、表情は切羽つまっていて……心配そうだった。そこに怒りはなかった。

「ここの住所がジュリアンの手紙に書いてあったの。もしあなたの別荘だと知っていたら来なかったわ」イジーはなおもじりじりと玄関ドアへ向かった。

「大丈夫よ、もう出ていくところだから」

「行くな」

イジーは命令を無視し、鞄を肩に担ぐと、外に出て凍てつく空気の中を歩き出した。雪はグレイソンが乗ってきた車にもすでに厚く降り積もっていた。頑丈そうなＳＵＶ車は、レンタカーだった小さなハッチバック車よりも山道を走るのに適していそうだ。でも、下り坂を運転するほうが楽よね？

ほかに選択肢はない。グレイソンと二人きりでここにいるわけにはいかないからだ。

雪を踏みしめる足音が聞こえた。「頼むよ、イザベル、僕から逃げないでくれ。説明しなければならないことがあるんだ」

「あなたの説明なんて聞きたくない。あなたはチューリッヒまで来て、私に自費で人工授精を受けるという選択肢も与えずにクリニックとの契約を破棄した。すんだことは取り返しがつかないわ。あなたはこの美しい氷のお城にいてちょうだい」グレイソンの重い足音を意識するまいとしながら、イジーは言い返した。「ここはあなたにぴったりだもの」

　最後の言葉に満足し、できる限り歩く速度を上げた。しかしここに来て一時間もたっていないはずなのに、吹雪で視界は最悪だった。

　理性の声が別荘に戻るのよと叫んでいても、イジーは引くに引けなかった。その性格は諸刃《もろは》の剣だった。一度決意するとなかなかそれをひるがえせないのは意志や決意が固いせいではなく、単に意地になるせいだった。

　別荘の私道を出て下り坂を数歩歩いたところで、ブーツが凍った地面ですべった。山を転がり落ちていく自分の姿が脳裏に浮かび、愚かな行動だったと思い知る。イジーは必死にバランスを保ち、もう一方の足を前に出そうとした。

　そんな彼女を、グレイソンが抱きとめた。彼の顔はいらだちを隠しきれていなかった。

「君は死んだほうがましなくらい、僕が嫌いなのか？」

　凍てついた空気の中で彼の息は白い蒸気のようで、力強い手から伝わる熱は服を三枚着ていても肌を焦がしそうだった。抱きとめられた次の瞬間手を離されて、イジーは少しよろめいたけれど、なんとか足を踏んばった。

　体の芯から震えているのは寒さのせいだけではなく、きまりが悪かった。自分を子供じみているとも思った。私は計画をきちんと立て、なにがどうなるのか正確に把握していたつもりだった。けれどその計画は根底から引っくり返され、跡形もなくなった気がする。その感覚が恐ろしくてたまらない。

「自分の車に戻りたいの」イジーは弱々しく訴えた。

「今ごろは雪にうもれているだろう」グレイソンがじれったそうに言い、彼女の手を取って悪態をついた。「寒いだろう？　家に戻ろうじゃないか。僕に言いたいことを言わせてくれたら、吹雪がやむまで君のじゃまはしない」

イジーは迷った。しかし雪の勢いは衰えを知らず、恐怖すら覚えた。このまま外にいたらうもれてしまいそうだ。

しばらく考えてから、グレイソンの前を歩いて急勾配の私道をのぼりはじめた。別荘の巨大な暖炉の前に戻ると、彼が暖炉に火を入れ、湯気の立つハーブティーをいれてくれた。

吹雪がやむまで、私はグレイソンと二人きりでいなくてはならない。

逃げ場のないこの別荘で。

グレイソンは暖炉の反対側に立ち、ゆっくりとハーブティーを飲んでいた。その姿はまたイジーを怖がらせるのを心配しているかのようだ。ひょっとして私が怒るのを恐れているのかしら？　そう思うと、彼女は小さな子供に戻ったみたいに胸がどきどきした。

「話を聞いてほしいんだ。いいね？」

グレイソンが何度か深呼吸をし、居間から玄関ホールに続く開いたドアをちらりと見た。だが、ドアを閉めに行こうとはしなかった。

「君には人工授精について知らないことがある。ジュリアンが話していたはずのことで」

「費用のこと？」イジーは口を開いた。

「違う。金じゃない」グレイソンが目を閉じ、眉間をつまんだ。とてもつらそうだ、と彼女は思い、困惑した。この人は決して弱さや苦しみを表に出さない人なのに。無敵こそ彼のイメージだから。

それでもイジーは、なにかがひどく間違っているという予感がしてならなかった。

鼓動が胸の中で大きく響き、息をつめながら赤いソファに腰を下ろした。反射的にハーブティーに手を伸ばし、カップを両手で包みこむ。そうすれば恐ろしい秘密や知らなかった真実を告げられても、飲み物がなぐさめになるかもしれない。

イジーの結婚生活の大部分は欺瞞《ぎまん》と不誠実に占められていた。しかしカウンセリングを受けて、彼女は立ち直った。そのことは誇りに思うべきだ。

グレイソンが窓際まで歩いたあと、暖炉まで戻ってきた。彼は話すときにじっとしていられなくなる性分だった。しかし、歩きまわったせいで集中力がそがれたらしい。なにを話そうとしているのかはわからないけれど、今は集中力が必要らしいのに。

「イザベル、あのクリニックに保存してあった精子だが……実はジュリアンのものじゃなかったんだ」

グレイソンがイジーを見つめた。「もし今日、僕が到着するのが遅かったら、もし君が人工授精を受けていて、その結果子供が生まれていたら……赤ん坊は僕の子だったはずだ」

3

真実をどう打ち明けようか考えながら車で山道をのぼっている間、グレイソンはあらゆる反応を想定していたつもりだったが、まさか冷ややかな無関心が返ってくるとは想像もしていなかった。

幸運にもジュリアンの計画の一部を知っていたので、イザベルは自分の別荘にいるのだと予想できた。今、彼は心の中で己を呪いながら、赤いビロードのソファに座る無表情の女性を見つめていた。彼女のみずみずしい美貌と甘美な体の曲線は相変わらず完璧だったが、心は弱っているようだった。

もともとイザベルはとてもしっかりしていて、自分の意見をはっきり口にする女性だった。しかし目の前の女性はどなったり涙を流したりするのではなく、少しずつ心が壊れているみたいだった。

質問が返ってこなかったのでグレイソンは話を続け、ジュリアンから会おうというメールがきたと言った。顔を合わせたジュリアンは、イザベルが子供を欲しがっているが自分は不妊症なので結婚生活がうまくいっていないと語った。不妊症の原因を作ったのはグレイソンだったので、罪悪感から精子提供者になったのだった。

それでもイザベルが無言だったので、彼女に理解する時間を与えようと、グレイソンはその場を離れ、何本か電話をかけた。だが主要な交通機関はすべてとまり、明日の午後まで屋外には出ないよう呼びかけられているのがわかっただけだった。

イザベルは明らかに電話の内容を聞いていたらしく、どの寝室を使えばいいかと尋ね、グレイソンが答えると、重い木製のドアの向こうに姿を消した。

彼は廊下をうろうろし、イザベルが大丈夫か確かめたかったが、話をさせてくれたらじゃまはしないと約束したことを思い出した。

話はした。なのに、なぜ僕は気分がよくなっていないのだろう？

一時間たっても、彼女の部屋からはなんの音もせず、外では雪が激しく降りしきっていた。

この別荘は管理会社に高い料金を払って、いつでも使えるようにしてもらっていた。しかしもちろん、現在の天候ではなにも期待できない。それでも冷凍庫には前回滞在したときの肉がまだあったし、食《パン》料庫《トリー》には瓶づめの保存食や乾物類がそこそこそろっていた。彼はシェフではないが、必要ならそれなりの料理を作れた。

ジュリアンの言葉を思い返すと胸が悪くなった。親友がイザベルになにも知らせずに他人の子を身ごもらせようとしたことは、まったく許しがたい。しかしジュリアンの要求をのむ前に、僕自身もイザベルと話そうとは思わなかった。つまり、僕も共犯者だったのだ。

僕はイザベルも望んでいると思いこんでいた。ジュリアンは結婚が失敗した場合でも、イザベルが僕に養育費を請求できないように法的な書類まで用意していた。

自分のリスクしか考えていなかったと気づき、グレイソンはあらためて恥じ入った。しかし当時の彼は、イザベルが自分の子を身ごもった姿を想像してどう感じるかをまったく考えていなかった。逆にそんな想像はするまいとしていた。だが精子を提供して数日後、なにかが変わった。

グレイソンはジュリアンに何度も電話をかけ、友情にひびが入ってもクリニックの契約を破棄するよう言おうとした。しかし言うべき言葉を考えるたびに、ジュリアンが子供をつくれないのは自分のせいなのを思い出した。

ジュリアンは言った。〝イザベルは心から子供を欲しがっているので、自分が不妊症だとは伝えていない。伝えたら結婚生活が終わる。そして、精子提供者は知り合いがいいと二人で決めたんだ〟と。

グレイソンはそう聞かされていた。だがこの二、三年の間に判明した亡き友に関する情報をつなぎ合わせると、なにが真実なのかわからなくなった。

イザベルが愚かでないのは知っていたものの、最悪の状態にあるときのジュリアンがどれほど人を操り、利己的になるのかも知っていた。ジュリアンはイザベルといるときのグレイソンの態度を何度も非難し、彼女がそばにいると彼が落ち着きを失うのに気づいていた。ジュリアンの家族が息子への援助を打ち切り、親友のドラッグ依存症がふたたび悪化していることを知っていたグレイソンが金を貸すのを拒むと、二人の間の溝はさらに広がった。

イザベルがこんな騒動に巻きこまれたのは僕のせいだ。僕は彼女を傷つけたあげく、ジュリアンに贈り物のように差し出してしまったのだから。

　夕方、イザベルが食べ物をさがしに寝室から出てきたときも、グレイソンは考えこんでいた。彼女がクラッカーを手に取り、窓辺に行って外の吹雪を悲しげに見つめた。

「紅茶をいれようか？」声は荒々しく、意図していたよりもきつかった。このまま冷たい沈黙を続けたくなかったので、彼は無理やり眉根を寄せるのをやめた。天気予報によれば、二人は朝まで、そしておそらく翌日もここに閉じこめられるはめになりそうだった。

「この状況では紅茶より強い飲み物が必要だと思わない？」イザベルの声は落ち着いていた。しかし、そこにいつもの元気や感情はなかった。

　イザベルが部屋の反対側にある凝った飾り棚に向かう間、グレイソンは動かずに立っていた。彼女はボトルの一本一本に指をすべらせたり、グラスを軽く爪ではじいたりしていたが、最後に最高級のウイスキーのボトルをつかんだ。笑いながらストローでソーダを飲む姿しか見たことのない、アイルランド人女性がする選択とは思えなかった。

　イザベルはウイスキーをたっぷりグラスに注《つ》ぎ、いっきに飲みほした。

「いい考えとは思えないな」グレイソンは彼女のそばに行き、ボトルを手の届かないところに置いた。

「返して」イザベルが言った。声には少し感情がこもっていた。

「冷静に話し合うのが先だ」

「冷静に話し合うって、いったいなにを話し合うの、グレイソン？」彼女が目を細くし、クリスタルグラスを握りしめた。「ジュリアンの嘘《うそ》のせいで、私が知らないうちにあなたの子を身ごもるところだったことについて？　それとも、そもそもあなたが彼の常軌を逸した頼みを聞いたことについて？」

「言っただろう、僕は君が全部知っていると思ったから同意したんだ」

「なのに、私があなたに話したがらないと思ったの？　どういうつもりなのかききたがらないと」

「ジュリアンがレースから早々と引退するきっかけとなった事故を僕が起こしたことは周知の事実だ。だが、そのときの怪我《けが》が原因で父親になれないと言われたことはあまり知られていない。何年もの間、僕は償う方法を見つけようとしてきた。だから、なにも言わなかったんだ」

　イザベルがグレイソンを見つめた。その表情は怒りに満ちていた。

「だが同意したあと、一週間で考えが変わった。ジュリアンが死んだ夜、僕は彼に電話して、こんなことはできないと伝えたんだ。するとジュリアンはどこかへ行き、ドラッグを過剰摂取した」

「あなたはずっと……それがジュリアンが命を落とした理由だと思っていたの？」グレイソンが重々しくうなずき、イザベルが悲しげに頭を振った。「同じ夜、私も彼に結婚を続けるのは無理だと言ったの。私たち、似た者同士だったのね」

　熱い悲しみと後悔がグレイソンの喉元にこみあげた。だが罪の意識から逃れるため、舌の先まで出かかった言い訳はのみこんだ。この強く美しい炎のような女性が目の前でぼろぼろになっていくのを見て、そんなことをしている場合ではないと思ったからだ。今は沈黙を守り、彼女をそっとしておかなくては。たとえイザベルが僕の手からウイスキーのボトルを奪い返しても。

　彼女がまたグラスをウイスキーで満たし、イヤフォンを耳に入れた。ロックのような音楽がもれ聞こえる。彼女の好みのジャンルは映画音楽だった、とグレイソンは思い出した。

　イザベルはさらにウイスキーを二杯飲みほしたが、ありがたいことに四杯目を飲むのは考え直した。そしてブーツを脱ぎ、音楽に合わせて体を揺らした。グレイソンはそんな彼女から目をそらさず、相手が怪我をしないように見守りつづけた。

　しかしイザベルは鬱屈を解消しているだけだったので、彼がほかにすることはなかった。

　そこで書斎へ向かった。すでに緊急のメールには目を通し、来月母国シンガポールで開催されるチャリティレースに関する返信はしていた。

〈ヴァーダント・レース・テック〉の株主から最高《C》経営責任者《EO》となったグレイソンにとっては、そのときが今後の事業計画を発表する絶好の機会だった。

〈ヴァーダント〉は持続可能エネルギーに注目したカーエンジニアリング会社だ。グレイソンはモータースポーツ界のみならず世界に技術革新をもたらす可能性があると考え、十年前の設立当初からその会社の株主となっていた。来年開催されるエリートE――世界最速の電気自動車を決めるレースに向け、チームを立ちあげるのが彼の計画だった。

　またそれほど裕福ではない若者がモータースポーツについて学べる学校も設立した。

　仕事で世界じゅうを飛びまわっているため、最近はあまり家にいなかった。しかしレースを引退した今は、没頭できるなにかがあるわけではなかった。生来意欲的なグレイソンはこのごろ、レースへの復帰を考えるようになっていた。そうすればキャリアを最高の形で終えられる。

〈ヴァーダント〉の工場と本社は現在、モータースポーツがさかんなモナコにあるが、現役時代はどちらからも距離を置いていた。

〈ヴァーダント〉の株主になる道を選んだのは、企業を成功させた友人たちからいろいろ教わったからだ。そしてレーシングドライバーとして二十年間活躍する中で、なにをすべきで、なにをすべきでないかを学んだ。だから、裕福な人々の腐敗や不正については誰よりもよく知っていた。

グレイソンはつねに自分の生活を振り返り、両親が亡くなったあとも実家を残したいと考える男だった。しかしそういう倫理観やビジネスの手法は、モータースポーツ界の生きる伝説であるグレイソン・コーのイメージとはかけ離れていた。

イメージとはかけ離れていたと言えば、ジュリアンが妻を冗談っぽく〝おばかさん《ディジー》〟と呼んでいたことも気に入らなかった。言う必要のないイザベルへの侮辱だと感じたが、誰もが彼のほうが頭が固いと判断した。肩の力を抜いて楽しめない男だと。

だから、イザベルは本当のグレイソンを知らなかった。彼女が見ているのはレーシングドライバーとしてのグレイソンだけ——モータースポーツ界の頂点に君臨するために彼が作りあげた人格のみだった。グレイソンにはそうしなければならない理由があった。勝負に勝ったり実力を発揮したりすれば、誰からも受け入れられると幼いころに学んでいたからだ。労働者階級の両親を持つ、まじめすぎる少年時代には考えられないことだった。

モータースポーツは金がかかる競技であり、ジュリアンの父親は勝者が好きだった。だから伝説が生まれたのだ。グレイソンはレースではつねに尊大だった。その暴君ぶりやインタビューで見せる冷ややかで傲慢な態度は、彼が活躍するにつれてどんどんめだつようになった。

ハンドルを握ったり表彰台にのぼったりするとき、グレイソンは力を感じた。そんな強い一面が日常生活にも影響を及ぼし、ついには素の自分が出てくる隙がほとんどなくなっていた。

ドアの向こうから大きな水しぶきが聞こえ、グレイソンはもの思いから覚めた。時計に目をやると、自分が思ったよりも長く書斎にいたのに気づいた。

急いで居間に戻ったが、そこには誰もいなかった。テラスに続くドアが開け放たれ、冷たい夜気が入ってくる。テラスへ行ったグレイソンは、半裸のイザベルが屋外用ジェットバスに飛びこんでいる光景を目にした。

イザベルが起きあがると同時に彼はジェットバスへたどり着き、激しく震えている彼女を見て悪態をついた。最後に見たイザベルは黒のセーターと膝が裂けたスキニージーンズを身につけていた。しかし今はシンプルな黒のキャミソール一枚とそろいの黒のレースのショーツという格好で、グレイソンはすぐに目をそらした。

彼はこれまで長い時間をかけて、イザベル・オサリヴァンを見ないよう訓練していた。

グレイソンが咳《せき》ばらいをすると、イザベルは飛びあがり、豊かな胸の上で反抗的に腕を組んだ。明らかにこごえていて、自らのばかげた行いを後悔しているようだ。屋根のあるテラスは冬にはタイルを温めてあるが、完全にジェットバスにつからない限り寒さはしのげない。それに、彼女は明らかに酔っている。もっとも危険な行為だ。

「じゃましないで」イザベルが差し出されたグレイソンの手を強い力で押しのけた。そしてさらに二、三歩奥へ行き、胸に雪が落ちるたび小さな声をあげた。グレイソンは目を閉じたが、彼女のくぐもった声が聞こえると、下腹部が刺激されて凍りついた。

この女性の前ではいつもそうなる。イザベルがジュリアンと結婚する前から心を奪われないよう、僕は彼女が存在しないふりをしていた。

「飲みすぎだ」グレイソンはそう言って、ずぶ濡《ぬ》れの黒のキャミソールに浮かびあがった胸の先を無視しようとした。

「まだ飲みたりないわ」イザベルがため息をついて頭を湯に沈めると、グレイソンは緊張しながら膝をつき、シャツの袖が濡れるのもかまわず彼女の肩をつかんで引っぱりあげた。すると、イザベルがうれしそうに口に含んだ湯を彼の顔にかけた。

「いいかげんにしろ」グレイソンはうなり、イザベルをジェットバスから出そうと端に誘導した。これ以上ここにいさせたら、彼女は溺死してしまう。

「あなたは私の保護者じゃないでしょう」その目はぎらついている。

アルコールのせいでさっきまで抑えていた怒りが爆発したようだ。正直なところ、グレイソンは冷たい無関心を向けられるよりも今のほうがずっとましだった。情熱的なイザベルはつねになにか話すか、動くか、笑っている。しかし、今は笑ってはいない。それなら怒らせたほうがましだ。

「立つんだ、イザベル。今すぐに」

グレイソンは後ろに下がって腕組みをし、エリート・ワンで二十年以上かけて作りあげた冷たい表情になった。その口調はかつてのオーナーから契約を切られる原因にも、プライバシーを侵害するメディアから身を守る盾にもなった。

だが、イザベルはただあきれた顔をした。

彼はうなり声をあげながらまたしゃがみ、きれいなブロンドのポニーテールをつかんでイザベルを湯から出そうか悩んだ。彼女は激怒するだろうが、少なくとも朝まで生きてはいられるはずだ。

「酒を飲んで、一人で湯につかるのは危険だから放っておけない。危ないんだ」

「一人だから危険なの？」イザベルがグレイソンの不機嫌な口調をまねてきいた。「私、その問題を解決する方法を知ってるわ」

イザベルの目のいたずらっぽい輝きに、グレイソンは気づくのが一瞬遅れた。次の瞬間、彼女が目の前に現れ、両手でグレイソンのシャツをつかんだ。

　落ちるというよりはゆっくりとすべるような感覚だった。しかし足がジェットバスの底につき、平衡感覚を取り戻したとき、グレイソンは腰まで湯につかっていた。

　仕返しされると思っているのか、イザベルが笑いながらジェットバスの反対側へ逃げていく。

「まったく、僕は服を脱いでいないのに」オーダーメイドのスーツのズボンと手縫いの革のローファーに湯がしみるのを感じつつ、彼はうなった。

「裸になって飛びこんでって頼んだら、そうしてくれたの？」

「答えはわかっているだろう」

　グレイソンはため息をつき、シャツのボタンをはずして袖をまくった。アンティークの腕時計を取って安全な場所に置くと、彼女の視線がその動きを追うのを感じた。

「あの……時計は大丈夫だった？」

「ありがたいことにね。靴と同じ運命にならずにすみそうだよ」

　グレイソンがにらむと、イザベルのおどけた顔が罪悪感に染まった。その時計が彼にとってどれほど大切なものか、知っていたからだ。ある日ルカのおままごとにつき合い、二人で並んで座っていたとき、グレイソンは彼女に時計の話をした。イザベルにきかれ、あのときは自分でも驚くほど本当のことを打ち明けてしまった。時計は父親からもらった最後の贈り物だと。派手なブランド物の時計ではなくとも、彼は父の形見を毎日身につけていた。

「私が楽しそうなのが、あなたはいやなのよね？」イザベルがうつむき、ぼんやりと言った。

「僕は楽しいことが嫌いだと思っているのか？」

「あなたはそういう人でしょう。ルカと遊ぶときと、車に乗っているとき以外はね」イザベルが顔をしかめ、テラスのガラス屋根の向こうにある夜空を見あげた。「もしかしたら、あなたがいやなのは私自身なのかも。私みたいにどうしようもない女は、ミスター・パーフェクトと呼ばれる男性にとってすてきとは言えないでしょうし」

「僕は完璧とはほど遠い男だ、イザベル」

彼女がグレイソンをじっと見つめた。そのせいで彼は体温が上がるのを感じた。

「あなたは湯の中に引きずりこまれたのに、髪が乱れてないのね。きっと人じゃないんだわ。吸血鬼かなにかなんでしょう？」

イザベルは小首をかしげ、不思議そうな顔をしている。その仕草に、なぜかグレイソンは笑いたくなった。だが、彼女はまだショックを受けている。この奇妙にして愉快な出来事も、単にイザベルが自制心を取り戻し、なぐさめを見つけたがっていることの表れにすぎない。

それでも、イザベルが服を着たままジェットバスに飛びこむ以上に無鉄砲なまねをするのをとめられるなら、吸血鬼についての会話に興じるぐらいなんでもない。

「いいえ……吸血鬼じゃなくて、あなたは動物に姿を変えられる人なのよ」彼女が続けた。「グレイソン王はすごく強い戦士で、ライオンに変身できるの。私、初めて会ったときから――」

「僕の通り名からの連想じゃないか」

「〝黄金の獅子《しし》〟の名を知らない人はいないでしょう」

だが、もう引退した。グレイソンはイザベルの言葉を訂正したくなった。この数カ月間味わっていた漠然とした喪失感がよみがえり、いらだちがこみあげる。レーシングドライバーとしての肩書きがなければ自分が何者なのか、どうふるまえばいいのかわからなかった。

グレイソンが引退したのは目標をすべて達成し、タイミングもちょうどよかったからだった。しかし会社というまったく異なる環境では、もはやヘルメットをかぶって本当の自分を隠すことはできない。〈ヴァーダント〉の可能性を信じていると世間に示すためには、もっと表舞台に立つ必要がある。

彼は、バスタブの縁に頭をあずけているイザベルに手を伸ばして立たせた。「中へ戻ろう」

彼女が目をぱっと開けた。淡い緑色が美しい瞳だ。猫の目そっくりだと、グレイソンはいつも思っていた。聡明《そうめい》で、すべてを見通しているような、どんな思いを秘めているのかわからない目だと。

「どうでもいいわ」イザベルが言った。しかし怒りがひらめいた目をすぐに閉じ、後ろによろめいた。

グレイソンは彼女を抱きあげ、自分の体に引きよせた。常軌を逸した会話を続けるよりは、怒りをぶつけられたほうがましだった。

しかし、イザベルが両手で濡れたシャツを撫《な》であげるとは想像していなかった。

「私、レーシングスーツなしだとこの腕はどんな感じだろうといつも思っていたの。キスをした夜もあなたはスーツを着ていたでしょう？　思ったより固いのね」

彼女の言葉を聞いてグレイソンは腹の奥から下にかけてが熱をおび、恥ずかしくなるほどあっという間に興奮した。

イザベルに反応するまいという長年の訓練を活《い》かして、彼は理性を取り戻そうとした。それでも口が勝手に開いた。「君はあの夜をよく思い出すのか？」

彼女が目を細くした。「あなたはどうなの？」

二人は一分間、無言のまま見つめ合った。胸に強く押しつけられたイザベルの胸の先がとがっていくのに気づき、グレイソンはショックで身動きが取れなくなった。彼女の両手がさらに上へ向かい、グレイソンの首にまわされた。

イザベルをとめろ、とグレイソンは自分に言い聞かせた。彼女は感受性の強い女性だ。こんなことをしていたら、二人の関係は悪くなる一方だぞ。

グレイソンは目を閉じ、イザベルがとてつもなく興奮している体に触れないように祈った。キスをした夜は、暗いファルコ・ルーのピットガレージで性急にイザベルと体を重ねたいのをなんとか思いとどまったものだった。「わかった、ベッドへ行こう」彼はきびきびとした口調で言った。

「あなたのベッドへ？」彼女が目を見開いて尋ねた。

「いや、君のベッドへだ。睡眠をとるために」早くあのいまいましいウイスキーのボトルを取りあげなかったのは愚かだった。イザベルは完全に酔っぱらっている。

「私、眠りたくない。まだあなたに怒ってるもの」

グレイソンを見る彼女の表情は真剣だった。

「わかった。すまない」彼は暗い顔で謝った。

明日、イザベルがこの会話を覚えていなくても、僕は覚えている。彼女が信じてくれるまで何度でも謝ろう。

唇を噛《か》み、彼女がグレイソンを見つめた。「こう考えずにはいられないの……もし今日すべてがうまくいっていたら、もしあなたがクリニックに来るのが遅かったら、どうなっていたんだろうって」

グレイソンの脳裏に赤ん坊を宿したイザベルの姿が鮮明に浮かんだ。ただ今は本物の彼女が目の前にいて、返せない答えを待っている。

彼女が身ごもった子供はどんな顔をしているのだろうと考えたことが、そもそもジュリアンの計画から手を引きたかった理由だった、と明かすつもりはなかった。それならどう返事をすればいい？

「もちろん、僕は取り決めを守ったよ」グレイソンは静かに言った。

「父権を放棄したというの？」

「君がそうしろと言うならね」グレイソンは嘘をついた。

　イザベルが片方の眉を上げた。「ジュリアンと取り引きをしたなら、私ともできるはずよ。私たちはどちらも望むものを手に入れることができるわ」

　その言葉はグレイソンの胸を直撃し、全身が熱くなった。いや、僕は望むものを手に入れられない――イザベルが一箇所に落ち着きたいという夢を持っている限りは。彼はずっと前に、あまりにも利己的でキャリアに執着しすぎている自分はいい夫にも父親にもなれないと理解していた。

「君はまだ若いから、再婚もできる――」

「再婚はしない」イザベルが話をさえぎって言った。「私は一度だけ、男性に心を許してこういう結果になった。だから、ほかの誰かとつき合うと考えただけでも気分が悪くなるの。チューリッヒに来る決心をしたのもそれが理由よ。私は子供が欲しいし、毎日を最高のものにするために全力をそそぎたい。恋愛のごたごたや別れはもういらないわ」

「人は心変わりする生き物だ」グレイソンはイザベルと自分に向けて言った。頭に浮かんだ危険な考えを押しのけたかった。今まで決して認めてこなかった深い憧れに危ういほど近づいていた。

「ああ、そんなこと言わないで」彼女がしゃっくりをして湯の中で少し揺れた。「酔っているかもしれないけど、私だって自分の気持ちくらいはわかっているのよ、グレイソン」

「そうだろうな。ばかにしているわけじゃないんだ。だが二人ともこごえてしまう前に、中に入ったほうがいい」彼はイザベルを強く抱きよせた。

「放して」イザベルの拳が軽くグレイソンの肩を打ち、彼は彼女の手をつかんでとめた。体を離すと冷たい空気が下腹部を直撃し、衝撃を受けて息を吸いこむ。

イザベルもはっきりと寒さを感じていた。体が震えはじめ、両腕に鳥肌が立っている。

「なんてこと、こごえそうだわ！」彼女は息をのみ、もう一度グレイソンの首に力をこめてしがみつくと、体全体を彼に押しつけて暖を取ろうとした。

グレイソンはびしょ濡れで半裸のイザベルが自分の体にぴったりと寄り添っているのを無視し、テラスの出入口に吊《つ》るされているバスローブをつかむことに集中した。イザベルが何度も抗議したにもかかわらず、彼女を抱きかかえたままバスローブを着せる。

階段を一歩一歩上がるころには、イザベルの頭はグレイソンの肩にもたれかかり、言葉も不明瞭になっていた。アドレナリンが放出されたあとは、骨身にしみる疲れが襲ってくるものだ。今日の彼女は明らかにそういう状態にある。彼の鼓動もまだ正常に戻ってはいなかった。

常識に則して考えてから、グレイソンはイザベルを客用寝室まで運び、四柱式ベッドの中央にそっと寝かせた。バスローブの下のキャミソールとショーツはまだ湿っていたが、今はそのままにしておくつもりだった。

彼女の肌がこれ以上あらわになったら、僕は耐えられそうにない。

イザベルが眠ったまま動き、グレイソンの腕に顔を押しつけて小さなため息をついた。彼は後ずさりをし、思っていたよりもずっと長い間ドア口に立っていた。もし僕がすべてを徹底的にだいなしにしていなかったら、二人はどうなっていただろう？　シンガポールでキスをしたあと、イザベルを突き放していなかったら……。

4

イジーは窓から差しこむ日差しで目を覚ました。頭はぼうっとして、口はからからに乾いている。でも昨夜はそんなに飲んでいないはずだ。下着姿でジェットバスに飛びこみ、グレイソンも引きずりこんだのを思い出して、彼女はうめいた。

やっぱり少し飲みすぎたのかもしれない。

グレイソンに湯から引きずり出されるまで、私はしゃべりつづけていた。それに彼の胸に顔を押しつけ、目を閉じた。

恥ずかしさにまたうめき、浴室へ行って身なりを整えた。シャワーを浴び、いちばん着心地のいいレギンスとオーバーサイズのセーターを身につけると、ふくらはぎの中ほどまである手編みのウールの靴下をはいた。

雪がとけて別荘から出ていけるようになるまでは寝室に隠れているつもりだった。しかしこの二十分間、階下からはおいしそうな香りが漂ってきて、イジーのおなかは鳴りどおしだった。

不機嫌そうなプレイボーイの声が聞こえないか、彼女は寝室のドアに耳をあてた。ひょっとしたらキッチンへ行って、食べ物を取ってくることができるかもしれない。

どうしようか悩んでいるうち、ドアをノックする音がはっきりと響いて、イジーは小さな叫び声をあげた。まだ眠っていると思ってもらえますようにと祈りつつ、口を手で押さえて待つ。

「ドアの反対側にいても、君があれこれ考えているのがわかるぞ」

「いいえ、そんなはずないわ」イジーは反射的に口を開き、それから悪態をついた。

もう一度ドアに耳を近づけると、グレイソンが笑う小さな声が聞こえた気がした。

「話がある」

その言葉にこめられた意味に、イジーは体の内側が震えるのを感じた。昨夜自分がなにを言ったかについての記憶はおぼろげだったけれど、部分的には覚えていた。私は本当に、グレイソンに取り引きを持ちかけたの？ 彼の腕の中でうっとりしたあとで、あのキスについて考えたことがあるかときいた？

いったいどうしてしまったのかしら？

私はたしかに少し酔っていたし、傷ついていた。怒りを覚え、望みが絶たれて打ちのめされ、これまでに経験のない焦りと激情に駆られていた。それと、グレイソンの私を見る目は……。

そのこともよくわからなかった。きっと酔っていたせいで、彼の視線に熱い関心がまじっていると勘違いしてしまったのだ。

グレイソンをジェットバスへ引きずりこむ以上のことをしなくてよかった。そんなまねをしていたら、恥ずかしくて絶対に立ち直れない。なぜならグレイソン・コーは私に興味なんてないから。絶対に。

「イザベル」

声にはいらだちがこもっていて、彼がドア枠に両手をつく音が聞こえた。怒っているのではなく、こちらをせかしているようだ。

グレイソン・コーはのんびり待つ人ではなかった。欲しいものがあると、彼はすぐにそれを手に入れる。どんなに気まずくても、グレイソンの話を聞いたほうがいいのかもしれない。そうすれば天気が回復しだい、今回の出来事を忘れて帰れる。そうすれば次にどうするか考えることもできる。

「ちょっと待ってて」イジーは口を開いた。うっかり声にまじった悲しみには気づかれませんように。

不妊治療クリニックに人工授精の予約を入れた翌日、思わず買ってしまった小さな白のベビー服を思い出した。迷信深くはないけれど、早くからベビー用品を買うのは縁起が悪いと考える人がいることは知っていた。たぶん、今回の施術は最初から失敗すると決まっていたのだ。

　たしかに、子供を持てるならうれしい。しかし無数の精子提供者たちの写真やプロフィールに目を通し、子供の父親を選ぶのはあまりに大変だ。それにたとえ費用をまかなえたとしても、別のクリニックに予約を入れる勇気はない。

　会社に属さず、昨年まで人生のほとんどをあちこち転々として生きてきた独身の私には、養子縁組も認められないだろう。

　不思議な気分だった。新しい人生を受け入れたのに、すべてが引っくり返ってしまうなんて。でも、私は本当に驚いているのかしら？　今までだってよりよい未来を望むたび、物事は必ず悪い方向に転がった。とはいえ、なんとかできるはず。いつもそうしてきたでしょう？

　早朝の光に照らされた別荘の居間には、高い窓から暖かな日差しが差しこんでいて、昨日とはまったく違う景色が広がっていた。雪はひと晩でかなり降り積もっていたが、今は晴れていて、のどかな冬を描いた絵画を眺めているかのようだった。

　暖炉には火が入れられ、長いテーブルの端に二人分の食事の支度がされていた。真ん中にはオレンジジュースと水のピッチャー、シリアルの入ったボウルが二つ置いてある。どうかあのシリアルが大好きなチョコレート味でありますように。

　ところがスプーンですくって食べてみて、イジーは顔をしかめた。これはなに？

「砂糖不使用でヴィーガン向けの、カカオ味のシリアルだ」グレイソンがキッチンへと続くドア口に現れた。白いコットンの布巾を片方の肩にかけ、ボウルの中身をかきまぜている。驚いたことに、彼は黒のジーンズにワイン色のセーターという、レーシングスーツではない服装だった。「それしかなかったんだ。前にここに来たときはレースシーズン中で、完全にトレーニングモードだったから」

「ああ、それで引退後はもっとだらしない生活をすることにしたの？」イジーは言った。昨夜手に触れた濡《ぬ》れたシャツの下の、トレーニングでつくりあげた岩のような体の感触をうっかり思い出していた。

しっかりして。

「そうだ」グレイソンがキッチンに戻りつつ言った。「今は一日に二回しか体を動かしていない」

一日に二回も？　オレンジジュースを口にしていたせいで、彼女は咳《せ》きこんだ。するとキッチンから笑い声が聞こえた。

しばらくして戻ってきた彼は、パンケーキの皿を二枚置いて真剣な顔をした。「グルテンフリーで砂糖不使用のプロテイン入りパンケーキだ」そう告げると、トッピング用として小さく切った半解凍のフルーツを入れたボウルも複数置いた。

「ずっとレースの世界にいたから、すごく厳しい栄養管理をしていたのね。悪くない味だわ」イジーはシリアルをまた食べた。「でも、砂糖のない生活をしないといけないなんて同情する」

食事中、二人はグレイソンの新しいビジネスか、イジーの挿絵の仕事についてしか話さなかった。

ジェットバスで自分が言ったことに触れないでいてくれる彼に、イジーはとても感謝した。あのときの私は怒っていたし、傷ついてもいた。昨夜言ったことは本気ではなかったうえ、彼がジュリアンに頼まれたときと同じく精子提供者になろうと言ってくれたとしても、自分が受け入れられるとは思えなかった。絶対に無理だ。

グレイソンがコーヒーカップを取り、ひと口飲むとイジーと目を合わせた。なぜかわからないけれど、彼女は時間がとまったような錯覚に陥り、急に緊張して胃が締めつけられた。

身を乗り出したグレイソンが、筋肉のついた力強い腕をテーブルにのせた。イジーは一瞬だけ視線を下へ向けたものの、二人の間の距離を保つことを意識してもとに戻した。以前は何週間も彼のそばで働き、何度も話をしていたが、当時はもちろん昨夜までは力強い手が素肌をすべる感触を知らなかった。

グレイソンが咳《せき》ばらいをした。イジーがもの思いに沈んでいる間に、彼はなにか言っていたらしい。

しっかりして。

「もう一度言ってくれる？」その声は自分の耳にも神経質に甲高く聞こえた。

「君と話し合いたいことがある」

「そう……」スキーで山を下りていちばん近いホテルまで行ってくれ、と言われるのかしらと思いつつ、イジーは動じまいとした。でも、グレイソンが私をできるだけ早く追い出したがってもしかたない。昨夜の私の態度はひどかった。彼の話を聞いて受けたショックをウイスキーでまぎらしたのがよくなかった。

「イザベル、聞いているか？」

グレイソンの深みのある声に背筋が震え、彼女は姿勢を正した。そこを彼に撫《な》でてほしかった。

「ゆうべ――」

イジーは両手で顔をおおった。「グレイソン、お願い。ゆうべのことはアルコールのせいにして、前へ進めないかしら」

人さし指で大理石のテーブルにゆっくりと円を描きながら、彼がイジーを見つめた。

「じゃあ、恋愛のごたごたや別れを経験せず子供が欲しいと言ったのは本心だったのか？」

「さあ……」イジーは返事をごまかした。昨夜は酔ってはいたけれど、意識まではなくしていなかった。怒りがこみあげ、自分が立てた計画どおりになってほしいと思ったことは覚えている。

「君は僕に取り引きを持ちかけた」グレイソンが穏やかな、しかし真剣な表情で言った。

「そうだとしても本気じゃなかったんだと思うわ」彼女はうめき声をあげ、両手で赤くなった顔を隠した。「不公平だし、間違っているもの」

グレイソンが立ちあがり、ダイニングエリアにあるサイドボードに向かい、薄いタブレットを手に取った。「ゆうべの君の言葉でいろいろ理解したよ。ジュリアンと話したとき、君がいなかったのをおかしいと思うべきだった。もし君にその気があるなら、これから間違いを正したい」

顔から手を下ろし、イジーは口をぽかんと開けた。グレイソンがそばに来てタブレットを置くと、鼓動が速まった。画面には〝契約書〟という文字が表示されている。彼がそこを指でたたくと、コンピューターの音声が文章を読みあげはじめた。

イジーは座ったまま凍りつき、受胎前同意書という文言に続いて二人の名前、そして二人の子作りにまつわる専門用語の羅列を聞いた。

契約書ではグレイソンを父親として認め、その権利を与える一方で、主要な決定はイジーにゆだねられていた。音声がより専門的な法律用語を読みあげ出すと、彼女は一時停止ボタンを押した。

「本気なの？」

「夜中に弁護士に書かせたこの十ページの契約書を見れば、僕が本気だとわかると思ったんだが」

「グレイソン、あなたは私が人工授精を受けるのをとめるために、わざわざチューリッヒまで駆けつけた。それに、人工授精は自分の望みじゃないとはっきり言ったでしょう」

「チューリッヒに来たのは、君になにも言わずにジュリアンと交わした取り引きに終止符を打つためだ。だから君が施術を受けたかどうかもわからないまま、僕はクリニックに駆けつけた。もし手遅れなら……父親になるしかないと思いながら。だが君が僕の子を妊娠すると想像しても、いやな気持ちにはならなかった。僕の名づけ子と一緒にいる姿を見ていたから、君を母親に持つ子供は幸せだと思う」

　イジーはこれ以上できないほど大きく口を開けてグレイソンを見つめた。「僕の子って言ったけど、あなたは独身主義のプレイボーイでしょう？」

「たしかに僕は独身だ」彼が椅子に座り直した。「しかしプレイボーイは違う。それじゃまるで、スーパーモデルをヨットに乗せて連れまわす金持ちみたいじゃないか」

「それがあなたの休日の過ごし方じゃないの？」

「だいいち、僕はヨットを持っていない」グレイソンが片方の眉を上げた。「女性に関しては、エリート・ワンに所属したばかりのころに一度だけ真剣な交際をしたことがある。だが、自分が家庭的な幸せに向いていないのがわかっただけだった。僕の生い立ちが普通でも幸せでもなかったのを考えれば、驚くことじゃない。それでもゆうべ不思議なことに、僕たちの望みは同じだと気づいた。どちらも面倒な人間関係を抜きにして子供を求めていると」

　イジーはうなずき、無意識のうちに手を激しく打つ胸に押しあてた。心は高揚していた。グレイソンの真剣な表情と目に浮かぶ熱意から目をそらせない。彼の笑顔を見た記憶があまりないのは、私に対して心を閉ざしていたからだろう。でも今は心の一部を私にさらしている。

「それでイザベル……どうする？　僕と一緒に子供をつくりたいかい？」

　彼女は笑い出したくなった。「こんな話、どう考えてもおかしいわ」

「僕と君なら完璧な子供ができると思わないか？」

「どれほど自分の容姿がいいか、あなたはよく知ってるでしょう？　私がおかしいと思っているのはその点じゃない。お互いの存在に我慢できない二人が子供をつくる、という考えそのものをおかしいと思っているのよ」イジーは立ちあがり、テーブルに沿って歩いたあと、ぎこちなく笑って立ちどまった。「もちろん、子供をつくるといっても体を重ねるわけじゃなくて……人工授精を受けるわけだけど」

「それは違う」

　イジーは凍りつき、くるりと振り返ってグレイソンを見た。彼はまだ同じ場所に落ち着いて座っており、コーヒーに砂糖を追加してかきまぜていた。

「どういうこと？」

「君は病院が怖いと言っていたね？　僕も人工授精は気に入らない。長く不快な思いをするのはわかっているからね。知っていると思うが、僕は効率を大事にする男だ。その点を考慮すると、君にはより伝統的な方法で子供をつくることを考えてほしい。つまり、僕とベッドをともにすることを。よければすぐに始めよう」

　頭がグレイソンの言葉をゆっくりと理解するにつれ、イジーはパニックに陥った。「すぐに始めるって、もしかして私とあなたがベッドをともにすることを？」

「ベッドをともにするといっても眠りはしないぞ。すぐに妊娠する気ならね」ふたたび眉を上げ、コーヒーをかきまぜる彼の口調は、セックスよりスキーに誘っているようにのんびりしていた。

　イジーは口を開こうとして思いとどまり、グレイソンをあらためて観察した。背筋を伸ばしてテーブルのありもしない埃《ほこり》を払う彼の姿は緊張しているようだ。

「互いの存在に我慢できないと君は言ったが」彼が続けた。「僕は距離を置いているだけで、君を嫌いだと言った覚えはない。それどころか正反対だ。しかもシンガポールで君が僕にしたキスから判断するに、二人の相性に問題はない」

イジーは身をこわばらせた。「キスしてきたのはあなたでしょう！」

グレイソンがコーヒーカップを持ってキッチンに向かった。「僕たちははっきりと互いを魅力的だと感じている。だからどちらにも好都合だ」そして居間に戻ってきて書斎のほうへ歩いていった。「この契約書はメールで君にも送ってある。すでに答えが決まっているなら、断ってくれ」

イジーは長いダイニングテーブルの前で一人立っていた。頭の中では無数の考えがせめぎ合っていた。

激しく心を揺さぶられているにもかかわらず、彼女はあのときのキスを欲望のせいにしようとした。彼は後悔していると思っていた。

そのときグレイソンはシーズン最終戦で負傷し、早々に離脱を余儀なくされたが、総合優勝は果たした。チームが祝杯をあげている中、イジーは彼を祝福しに行った。そしてグレイソンを抱きしめたら……命がかかっているかのようなキスが始まった。彼の手はイジーの全身をさぐり、唇は唇をむさぼった。

そのとき何人かのスタッフがグレイソンを呼ぶ声が聞こえ、彼は小声で悪態をつくと去っていった。

勇気を出して祝賀会に戻るまでにどれだけ薄暗いピットガレージに一人でいたか、イジーはわからなかった。アストリッドが養育係《ナニー》の契約を更新しないと言ったのはその翌日だった。

グレイソンは私を魅力的とは思っているのだろう。それに私をほめたつもりだったのだろうが、彼が体を重ねることを契約という形で提案した点を考えれば、素直に受け取ってはいけない気がする。

〝ベッドをともにするといっても眠りはしないぞ〟

世界でもっともセクシーな男性から子供をすぐにつくろうと言われたあとにそんな言葉を聞くなんて、私の人生はいったいどうなっているの？

イジーは両手で顔をおおい、また赤面しているのを自覚した。中庭《パティオ》に向かい、涼しい空気を求めてゆっくりとドアを開ける。どれくらいそこで雪をかぶった木々を見つめていたのかはわからない。しばらくすると、書斎から聞こえていたグレイソンの声がやんだ。

提案を受け入れるのかどうか答えは出ていないのに、話し合いの続きをするために彼がここへ来たらどうしよう？　もっと自分に自信があったら、詳細について話し合う覚悟を決められたかもしれないけれど、イジーは現代的な女性だという自負がある一方で、セックスに関しては潔癖な堅物だった。不器用な彼女は夫と体を重ねるときも気まずい思いばかりした。グレイソンにセックスについて一つ一つ説明してもらわなければならないと思うととても気が重くなり、無意識にコートを羽織って雪の積もった裏階段を下りていた。考える時間が必要だっただけで、逃げているつもりはなかった。

胸の圧迫感が増していき、イジーは雪の上で倒れてしまうのではないかと心配になった。冷たい空気が肺に入ってきて苦しい。私はちゃんとグレイソンの申し出を検討しているの？　彼の言葉を聞いた瞬間から、体の中では花火が打ちあげられるような感覚が続いている。その正体は希望――ずっと抱いてはいけないと自分に言い聞かせていたものだ。

しかし、すべてを打ち明けたグレイソンの行動は正しい。常識で判断すると決してありえないけれど、そう感じる。それに、あのばかばかしいほど詳細な契約書を見たとたん、本能が降参して妊娠したがっている気がする。

イジーの現実的な部分は、あれほどこちらの神経を逆撫でする男性の子供を産むのは、絶対に狂気の沙汰だと承知していた。ましてや彼の提案した昔ながらの方法で子供をつくるとなれば、喧嘩《けんか》をせずにいることが必要などころか、ベッドをともにしなければならないのだ。

グレイソン・コーと体を重ねる光景なら、三年前の短い片思いの間に想像したことがあった。つねによそよそしい彼は神秘的なカリスマ性を身にまとっていて、イジーは夢中だった。

ほかにも魅力的だったのは、グレイソンがなにをしてもとてつもなく有能だったところだ。もし彼が宇宙へ行くロケットを造ると決めたら、予算内で期日どおりに完成させそうな気がする。つまり、イジーには恋いこがれる自分をどうにもできなかった。不器用が服を着て歩いているような彼女にとって、レースに関する専門知識を語るときのグレイソンには、彼のたくましい体以上の魅力があった。

イジーは目を閉じ、これは排卵ホルモンのせいよと自分に言い聞かせた。彼女は何年も誰とも体を重ねていなかった。ジュリアンとは結婚して最初の二、三カ月しかベッドをともにしたことがなく、彼の死後は誰ともデートしようと思わなかった。夫がドラッグ依存症をかかえていたために体を重ねる機会はなかなかなく、自分に自信が持てなかったせいもあってお粗末な経験しかなかった。

グレイソンと一つになるのはすばらしい経験になるだろう。

けれどグレイソンとベッドをともにするのは、子供をつくる手段にすぎない。もし私が受け入れれば、彼は匿名の精子提供者ではなく、子供の親になるとはっきり宣言した。私の赤ちゃんの父親になると。

イジーは提案に逆らいたい気持ちがわきあがるの

を待った。あれほど悩んでシングルマザーになると決心したのだから、グレイソンの提案に同意するのは後ろ向きな行動と言えるのでは？

　でもグレイソンは〝欲しい〟とか〝相性〟とかといった言葉を使って、私の胸の希望に火を灯《とも》した。

　イジーはその希望を懸命に抑えつけた。ジュリアンと結婚したときみたいに、幸せを夢見るという愚かな選択をしてはだめ。子供を育てる以上の期待をグレイソンに寄せてはいけない。彼とは対等なパートナーとなるのだ。そうすればなにもかも一人で背負わなくてよくなる。十代の大部分私がしてきたように、父親は誰なのか、自分は望まれて生まれてきたのかどうか我が子は悩まずにすむ。

　気持ちは断崖絶壁に立ちつくし、眼下に広がる正体のわからない暗い渦を見ているに等しいけれど。

5

　電話を終えたグレイソンは、誰もいない居間にイザベルの飲みかけの紅茶のカップがコーヒーテーブルに放置されているのを見て、いやな予感がした。別荘の裏手に広がる雪の斜面を見ると、丘の方角にうっすらと足跡がついている気がした。

　考える間もなく、彼は厚手のスキージャケットを着てイザベルのあとを追った。足跡に従って別荘の裏手へと続く傾斜した庭を下りていきながら、彼女が樹林帯を抜けていないことを祈る。あんなブーツで足を踏みはずしてどこかから落ちていたら、と思うと胸が締めつけられた。

　しかし庭の端にたどり着き、樹林帯のほうを見ると、イザベルが岩の上に座っているのが目に入った。

こちらを向いた彼女を見て立ちどまり、グレイソンは大きく息を吐いた。「君は死にたいのか？」彼はうなった。冷静ではいられなかった。

ショックを受け、プレッシャーを感じると誤った判断をする人を、彼はあまりにも多く見てきた。イザベルはここの地形に慣れていないし、人があっという間に遭難することも知らない。

「頭を整理したかったの」イザベルが胸の前で腕を組んだ。緑色の瞳は炎が燃えているようだ。しかし、昨日見た生気のない失望に比べれば怒りのほうがましだった。

イザベルは小さなことにこだわる神経質な女性ではなく、とても感情豊かだ。一方グレイソンはいつもよそよそしく、人と距離を置き、張りつめたところがあった。そして今も張りつめていた。そんな男にベッドに誘われて、イザベルは岩から飛びおりそうになっている。

「崖から落ちるほうがましなほど、僕の提案には魅力を感じなかったのか？」

「騒ぐのはやめて。私は庭の端まで歩いただけよ」

「吹雪がやんだばかりなのに」グレイソンは手を伸ばした。案の定、イザベルは首を振って立ちあがったが、すぐに足をすべらせた。

「天候に合った靴をはいていればよかったんだ」彼は不機嫌に言ってイザベルの手を握り、自分のそばに引きよせた。

彼女が信じられないというように目を細くした。

「僕をにらむか、凍傷になる前に暖かいところに戻るか決めてくれ」

別荘に戻るための短いのぼり坂を進む間、イザベルはかたくなに沈黙を守った。彼女のブーツを気に入っていることを考えると、グレイソンはつらくあたりすぎている気がした。ブーツはイザベルの服装にも、勝ち気な性格にも合っている。それでも、雪の上では役に立たなかったので腹をたてていた。

この女性の前では、僕は感情を抑えつけておけないらしい。

つねに平静を保った顔を世間に見せている事実を考えると、ありえない感覚だった。グレイソンにとって、イザベル・オサリヴァンはサーキット上にある予期せぬ障害物に等しかった。

テラスに着いたイザベルはグレイソンから離れようとした。しかし彼はもう一方の手もイザベルの腰にまわし、彼女を放そうとしなかった。そして無言で階上の広い主寝室へ連れていった。

「私、一人で着替えられるわ」イザベルが言った。

グレイソンは彼女の肌と唇が青いのに気づいた。

「面倒を見させてくれないか？」

イザベルが唇を引き結んでうつむいた。どうやら彼女に助けを受け入れさせるのは、ひと筋縄ではいかないようだ。のちのために覚えておこう。

それはともかく、僕はなんの前触れもなく非常識な提案をイザベルにしてしまった。

グレイソンは忍耐強い男ではなく、なにかが欲しいとすぐ行動した。レースや役員室ならそういうところは立派な資質とされるかもしれない。しかし、この独立心旺盛な女性に対してはあまり効果的とは言えなかった。

グレイソンは急いでシャワーを全開にし、温度を調節した。イザベルは寒いところに長くいたわけではないが、氷点下の山の影響は人によって異なる。暑い気候の中で長らく暮らしてきた彼女が、世界をまわる間、寒い土地を嫌っているのはわかっていた。スキーやスノーボードなども好きではなかった。しかし彼は優越感にひたるより、イザベルを震えさせたいまいましい雪に怒りしか感じなかった。

「服を脱ぐのを手伝うよ」グレイソンはできるだけ

感情をこめずに言った。「君の手足はすっかりかじかんでいるから」

「手伝うって、私が裸になるのを？」

「絶対に見たりしないから」

「絶対によ」グレイソンがコートのボタンをはずして腕を抜くとき、イザベルは彼の頭の上を見つめていた。彼女が唇を噛《か》みしめてから口を開いた。「あのばかげた提案にのったら、あなたは私の顔を見なければならなくなるわね」

その言葉が呼び覚ました頭の中の映像に、グレイソンは驚きのあまりしばらくじっとしていた。頭を振って現実に戻り、まだ服を着ている彼女の全身に視線を這《は》わせた。「僕にとってそうするのがむずかしいことだと思うか？」

イザベルの頬が赤く染まった。「あなたをどう考えればいいのかわからないの、グレイソン。今まで一度も考えたことがないから」

グレイソンは髪をかきあげた。イザベルを崖へ走らせずに自分の思惑を説明できる方法を思いつかなかった。彼の目的は単に二人で子供をつくることではなかった。自分の燃えるような好奇心を満たし、彼女を初めて見た日から抱いていた欲望をなだめるためでもあった。だがイザベルは心から子供が欲しいとしか思っておらず、よこしまな気持ちを抱いていたことが恥ずかしくなった。

徹底的に避けてきたせいで、僕はイザベルについてなにも知らない。だから次の行動を予測できず、冷静でいられないのだろう。

しかし冷静でいる必要はなくなる――イザベルが僕の提案を受け入れれば。

彼女が無謀とも言える取り決めに同意し、僕が求められたことをしなければならないなら。

そうなったら僕はイザベルに赤ん坊を授けたと確信できるまで、できる限りの努力をする。そうすることは確実に誓える。しかしそれ以上に確実なのは、イザベルが僕に妊娠させられたという事実を悩むことだ。二人が別々の道を歩みはじめたあともずっと。

イジーが期待と動揺をどうにかしようとしているうちに、グレイソンは彼女の服を脱がせ、約束どおり浴室を出ていった。イジーはすぐさま熱いシャワーを浴び、目を閉じて先ほどの二人の会話を整理しはじめた。

ずいぶん前に、人に好かれたくて時間を無駄にするのはやめていた。たいてい相手の心は変わらないからだ。たしかにグレイソンははっきりと私を嫌っていたわけじゃないけれど、友好的でもなかった。私がほかの人と親しくしていると、必ず私の存在そのものが気に食わないというような目で見ていた。

そのことを友人のイヴに話すと、彼女は笑って、〝ひねくれているけど、それはあなたに魅力を感じているせいよ〟と言った。けれどイジーは一笑に付した。グレイソンは世界でも有名なレーシングドライバーだったからだ。グレイソンみたいな男性がしたいことをしないという可能性は、何人もの女性が彼に身を投げ出すところを目のあたりにしてきたイジーからすればありえなかった。

それに万が一グレイソンが自分に魅力を感じていたとしても、そんな子供じみた行動につき合うつもりはなかった。小学校のころから男子にからかわれてきたイジーにとって、有名人であろうとなかろうと成人した男性にまでからかわれるのはごめんだった。

とはいえ、イジーはグレイソンの提案を受け入れる気でいた。それならおどおどしたりせず、彼にそう伝えなければ。

もはや一秒も無駄にしたくなくなり、イジーはシャワーをとめて浴室を出ると、主寝室のドアを開けた。

グレイソンもシャワーを浴びたらしく、部屋にはライムの石鹸《せつけん》の香りが漂い、彼の漆黒の髪の先端にはまだ小さな水滴がついていた。ひげを剃《そ》ったので、顎はきれいになっている。二人の間にはかなり距離があったけれど、バスローブ姿の自分の全身に彼の視線がそそがれているのを、イジーははっきりと感じ取っていた。

「なにも言わないで」彼女はもう一歩前に進みながら、心がくじけて言いたいことが言えなくなりませんようにと祈った。「まずは私にこれだけ伝えさせて。それからいつものことをしてほしいの」

「いつものこととは?」

「あなたは契約というものに慣れている。あの提案の切り出し方は一緒に子供をつくるというより、商談みたいだったわ……」

今回も言いたいことを言おうとすると言葉が出てこなくなり、イジーは目を閉じた。一人でいるときはいくらでも言葉が思い浮かぶのに、相手に伝えよとするとひと言も出なくなってしまうのだ。彼女は唇を引き結んでから、何度か口をぱくぱくさせた。

グレイソンの足音が近づいてくるのが聞こえても、哀れみの視線を向けられていると思うと顔を上げられなかった。彼の提案を受け入れるためには、対等な関係にならなくてはいけない。そうすれば自分にも力があると感じられる。

浴室の鏡に向かっているときはうまく伝えられると思ったのに、グレイソンに見つめられていると、無視され拒絶されたころの少女に戻っていた。今は大人なのだから、論理的にはばかばかしい。しかし、過去のトラウマには通用しなかった。

「一つ、いいかな?」その口調には嘲笑もじれたようすもなく、初めて聞くやわらかさがこもっていた。

イジーはうなずき、両腕を胸の上で組んだ。グレイソンの寝室にバスローブ一枚でいる自分がどれだけ無防備なのかは意識しないようにした。

「僕の言い方が商談みたいに聞こえたならすまなかった。それが最善の方法だと思ったんだ。正直なところ、あまり深く考えていなかった」

グレイソンがまだ湿っている髪を手でかきあげた。この男性はいつでもモデルを思わせる。

「君が思っているほど僕には余裕があるわけじゃない」彼が言った。「関心のないふりをするのがちょっとうまいだけだよ」

彼女はマルハナバチが描かれた足の爪を見つめた。

「あなたはしょっちゅうそういうふりをしているのね。だって、冷静で落ち着いているところしか見たことがないもの」

「亡き親友の妻に、僕の子供の母親になってくれと頼んだんだぞ……人生でいちばん緊張したよ」

グレイソンはまじめに言ったのだろう。しかしイジーは自分たちの状況や二人の関係性を思うと、声に出して笑いそうになるのを必死にこらえた。

「おかしいか？」彼が困惑した顔で尋ねた。

「あたりまえでしょう」彼女はまたもや笑い声を我慢した。「まったくばかげてるわ。シェイクスピアの作品みたい」

グレイソンが目をそらしたが、その顔にかすかに笑みが浮かんでいるのをイジーは見逃さなかった。咳《せき》ばらいをして、もう一度彼と向き合った。

「わかった、あなたの提案を受け入れる。じょ……条件にも同意するわ」

「本当か？」

「崖にいたとき、イエスと言おうと決めたの。ただ口に出すために、自分を奮いたたせる必要があって」

「そうなのか？」グレイソンがもう一歩前に出た。

「よかった。逃げ出したと思って、僕は君を引きずり戻してしまったから」

「逃げ出したんじゃないわ。考えたかったの」

「あんな断崖絶壁でなく、別荘の中で考えられなかったのか？」

「そんなに居丈高にならないで」この人はベッドでもこうなのかしら？

「僕はそういう男なんだ」グレイソンが言った。

彼は私の〝居丈高〟という言葉を指して言ったのであって、心を読んだわけではないと気づくまで、イジーはしばらく恥ずかしい思いをした。

顔を上げると、グレイソンは目を細くしてこちらを見ていた。部屋の空気は張りつめていてイジーは気まずく、なにをすればいいのか見当もつかなかった。「それで……どうすればいいの？」彼女はベッドの端に腰を下ろし、震えているのを隠そうと両手を後ろについて足首を交差させた。

グレイソンが首をかしげてイジーを観察した。

「あの契約書を読んだなら、僕の最新の健康診断結果にも目を通したはずだ」

彼女はうなずいた。たしかに読んだ。すばらしい結果だった。「結果は手元にないけど、私もクリニックで検査をしてもらって問題ないと言われたの」

「その言葉を信じるよ」

イジーは息を吸い、涙を流したりパニックに陥って笑い出したりせずにグレイソンの視線を受けとめた。「私が受け入れたらすぐに始めようって言ったでしょう？　じゃあ、そうするべきだと思うわ。気まずいことはさっさと終わらせないとね」

長い間グレイソンは動かず、なにも言わなかった。しかし、イジーは彼の奥歯を噛みしめる音を聞いた気がした。彼女の言葉について考えこんでいるのか、顎が絶え間なく動いている。

「まるでこなさなければならない家事のように言うんだな。洗濯やごみ出しのように」

「悪気はないの。あなたが女性を誘惑するのが得意なのはわかってる。ただ今回はよくあることじゃないから、必要ないと思って――」

「楽しむふりをする必要が？」言葉が続かないイジーに代わって、グレイソンが言った。

彼女は大きく息を吐いた。「私は熱烈な口説き文句とか、長い時間ベッドで過ごすこととかを期待しているわけじゃないと言いたかったの。現実的に考えればいいと」

「ここは不妊治療クリニックじゃない」グレイソンの目は暗く輝き、唇は厳しい線を描いていた。「だが君が本当にそれでいいなら、誘惑や楽しむことは省いてもいいかもしれないな」

「現実的に考えるのがいちばんよ」

イジーの答えに驚いたとしても、彼は顔には出さなかった。ただ腰に手をあてて立ち、いつもの威圧的な表情で彼女を見つめていた。どこからどう見ても、二人は豪華なキングサイズの四柱式ベッドを挟んではなく、役員室のテーブル越しに話をしているようだった。

イジーは息をのんだ。

口角を少し上げ、グレイソンがまた一歩近づいた。

「僕がこのベッドに君を横たわらせて、することをすると思っているのか？」

彼女は肩をいからせた。「そうね、それがいちばんいいと思うわ。あなたさえよければ」

彼がふたたび長い間、眉根を寄せて考えこんでから、まばゆい笑みを浮かべた。「イザベル、ここでの主導権は君にある。だから君が現実的でいいというなら……その言葉に従うよ」

イジーは唾をのみこんだ。グレイソンがもう一歩前に進み、ベッドに座る彼女のところまであと数センチというところまで来た。これは二人が合意した取り決めで、感情の入る余地はない。なのに、なぜ私は急に大切なものを失った気がするの？　一瞬、彼は私が反対するのを待っていたみたいだった。

　今日一日、あれほど自分の心をさぐっていたのに、グレイソンがやめると言い出したら耐えられる気がしない。グレイソンを子供の父親にしたい気持ちがこれ以上つのる前に、引き返したほうがいいのかもしれない。

　でもグレイソンに子供の父親になってもらうほうが……正しい気がする。

　グレイソンの提案は、私たち双方の都合のいいところをとり入れたものだ。彼には二人が情熱を交わす理由をよく理解しておいてもらわなくては。体を重ねるのは取り決めの一部にすぎない。つまり、グレイソンに惹《ひ》かれている自分は秘密にしておく必要がある。なにがなんでも。

6

　イジーはずっと前に、考えすぎると行動できなくなることを学んでいた。不快な状況を長引かせても意味はない。傷が治ったら絆創膏《ばんそうこう》はさっさとはがしたほうがいいのだ。

　世界的に有名なモータースポーツの伝説的レーシングドライバーと体を重ねようとしている彼女の足の爪には、小さなマルハナバチが描かれていた。

「なにがおかしい？」グレイソンの声は低く、一見落ち着いているようだったが、目はイジーの素足から離れなかった。

「緊張すると笑っちゃうの。それとときどき、悪い冗談も言うし……」

「雪山に不適切な靴をはき、不適切な冗談も言うのか？　君にはなにも期待しないことにするよ」

「今度ブーツの話をしたら――」

　グレイソンの手がベルトにかかり、ゆっくりとバックルをはずしたので、イジーは続きを言えなくなった。

「どうするんだ？」彼が尋ねた。

「あの、今すぐ出ていくと言おうと思ったんだけど、そうはいかないわよね？」

　手をとめ、グレイソンが真剣な表情になった。

「君はいつでも僕のもとを立ち去れる。今から十分待つから、気が変わったならやめよう。いいね？」

　イジーは雪に閉ざされた別荘について言ったつもりだった。それでも契約書にサインをしたとはいえ、いつでも立ち去っていいと認めてもらって、胸の奥でなにかがふたたび解き放たれるのを感じた。ここから逃げ出すことなら、何度も我慢した。グレイソンが契約を果たそうとしているのを目のあたりにして、もう少しだけ我慢してみようと思っていた。

「あなたも同じよ」イジーは小さな声で言った。声が自分の耳にもとても弱々しく聞こえるのがいやだったものの、もし彼も考え直したいならそうしてもいいと知っておいてほしかった。

　これから二人がしようとしていることに前例はない。さまざまなイベントに出席するたび、グレイソンは違う女性と一緒だった。数えきれないほどいる美しいデート相手たちと彼が普段どういうことをしているのか、イジーはよくわからなかった。けれど、彼女にとって体を重ねるという行為には大きな意味があった。それは今も変わらない。

　自分らしくもないが同じ養育係《ナニー》の友人たちのように、一夜限りの関係を持とうと考えたこともあった。ナニーという仕事は気を張っている時間が長く、友達をつくったりデートをしたりする余裕はなかった。

一度も男性経験がないまま、二十四歳になったのも当然だろう。

そんなとき現れたジュリアンが魅力を振りまき、愛の告白をしたせいで、イジーは欲望の虜《とりこ》になった。ベッドをともにした最初の数回は、彼女が緊張しすぎてジュリアンのプライドが傷つくという悲惨なものだった。だから結婚してわずか数カ月で夫がヨットでのパーティに行ってしまっても、イジーは彼ではなく自分を責めたのだった。

けれど別居してカウンセリングに通いはじめると、結婚生活がいかに異常だったかに気づいた。ジュリアンが妻を欲したのは基本的に、両親の機嫌を取るためでしかなかった。

グレイソンの低い声に名前を呼ばれてイジーが顔を上げると、彼が期待に満ちた表情で彼女を見つめていた。

「今すぐにお願いしたいわ」イジーは言った。

ピンクのふっくらした唇から発せられた言葉に、グレイソンは平静を失いそうになった。

イザベルは〝今すぐにお願いしたい〟と言った。ここで――このベッドで僕と子供をつくりたいのだ。

彼はできるだけ淡々とした口調で、子供をつくろうとイザベルに提案した。実のところそうするしかないなら、情熱もなにもないまま彼女とセックスをすることになると十二分に覚悟していた。しかし、目の前の女性を欲しいと思いながら親友と駆け落ちさせてしまって以来、欲望を解消したくてたまらなかった。

そしてこちらがどれだけのことをするつもりなのかを話したとき、イザベルの目が暗く陰ったようすから判断するに、欲望を感じているのは自分だけとは思わなかった。少しも。

グレイソンは慎重に最後の一歩を踏み出し、イザベルの膝の間に自分の膝を入れた。この距離では、彼女は顎を上へ向けてグレイソンを見なければならなかった。その姿に、彼は背徳的な気持ちがこみあげた。身を乗り出し、イザベルの顎をつかんでさらに上へ向ける。

イザベルの喉に沿ってキスをしていくと、彼女の肌は熱いシロップをかけた甘いプラムケーキみたいな味がして、まるごとむさぼりたくなった。しかしそうするのは我慢し、軽いキスを繰り返してイザベルが慣れるのを待った。

一瞬、イザベルが息をのんでから体の力を抜いた。そのようすにグレイソンの自制心は跡形もなく崩れ去り、欲望が山火事のように全身に広がった。

しかし、勝利を味わったのはほんの数秒だった。イザベルがグレイソンの胸に爪を食いこませ、やめてもらえなくなるのを恐れているのか、やみくもに押しやったからだ。

グレイソンはすばやく二人の間に距離を置き、しばらく待った。

「どうしたの？　なにをしてるの？」

「君にキスをしていたんだ」続けたい衝動を抑えつけ、彼は乱暴に言った。イザベルは僕から離れたがっている。無理を通そうとしたら、彼女の気持ちはますます遠くへいってしまうだろう。

イザベルはじっとしたまま、グレイソンの目を見ずに華奢《きやしや》な両手を彼の胸にあてていた。「キスはしないで」小さな声で訴える。

さっさとすませようとしているのか、怖《お》じ気づくのが怖いのか、突然イザベルがベッドに仰向けになった。そして体を隠そうとバスローブの裾を引っぱるのを見て、グレイソンは自信が揺らぐのを感じた。彼女をゆっくりと裸にし、おいしそうなクリーム色の肌を隅々まで味わうつもりだったのに、もはやそんなことができる気はしなかった。

あんな提案をした僕は間違っていたのだろうか？今朝はケーキを食べるように、なにもかもがとても簡単に進むと思っていた。念願だった子供をつくり、決して手に入れられないと思っていた女性を手に入れられると。しかし今、イザベルの固い決意に直面して、本当の意味で彼女を手に入れずに体を重ねるのは、胸に刺したナイフをさらに食いこませるのも同じなのではと思えた。

グレイソンがイザベルを抱くところを想像するとき、彼女は必ず自分と同じ喜びを感じ、同じ切望を抱いていた。しかし現実のイザベルはよそよそしく、二人の関係にのめりこむまいとしていた。それなら彼女の意思を尊重しなければ。たとえ僕と同じ気持ちだとわかっていても。

直感が間違っていたことは人生で一度もなかった。レースでも、ビジネスでも、一度だけ失敗した恋愛でさえもだ。直感が働けば、グレイソンは必ずそれに従った。そしていつも勝利をおさめた。イザベルをここで動揺させてはならない。彼女がなにをしても、僕は受け入れる。そうするのだ。

グレイソンはイザベルの腿を大きく広げ、自分を受け入れる準備が整っているよう祈った。普段は女性の中へ入る前に喜びを与えるのが常だが、イザベルが望んでいないのは明らかだった。

彼がイザベルの腿のつけ根に下腹部をあてがうと、彼女の熱く強烈な感触に快感の震えが背筋に走った。

うなり声をあげたあと、自制心を発揮して言葉を口にする。「少し時間が欲しい。僕には無理——」

イザベルが硬直し、グレイソンから顔をそむけた。

「いいの。努力はしてもらったし」

「努力？」彼はイザベルのぎこちない体勢と合わない視線に顔をしかめた。「僕にはできないと思っているのか？」

イザベルはかたくなに顔をそむけていた。胸は激しく上下し、頬は薔薇《ばら》色に染まっている。「違うの？」

「イザベル……今すぐ君の中へ入って、すべてを奪いたいという本能と僕が闘っていないと思っているなら……」

「わからないわ……」

　グレイソンは、イザベルが本当に理解していないのに気づいた。興奮の証《あかし》が彼女の体の中心をかすめただけで、僕は力つきそうになったのに。

　彼女はとてもやわらかく、完璧で、夢見ていたよりもすばらしかった……。

　突然、昔ながらの方法で子供をつくるという提案が、拷問も同然に感じられた。これまで耐えてきた中でもっとも苦痛に満ちた、とてつもない拷問も同然に。しかし、グレイソンはその苦しみに耐えたいとは思わなかった。イザベルにも耐えてほしくなかった。彼女には楽しんでもらいたかった。

「僕が調べたところによると、妊娠する確率を高める非常に興味深い話があるんだ。聞きたいかい？」

「ええ……」

　その答えはうめき声に近く、グレイソンはさらに興奮した。発情した動物のようにイザベルと一つになりたかったが、衝動をこらえてじっとしていた。

「僕が一人でゴールしないほうが、妊娠する確率ははるかに高いんだ」

「体を重ねて得られる喜びをレースにたとえているの？」

「直接的な表現のほうが好きなのか？」グレイソンは精いっぱい辛抱強くきいた。イザベルは目を見開いて不安そうに彼を見つめている。

「さ……さあ」

　日常生活ではいつも快活なイザベルの自信を失った姿に、彼は警戒した。彼女を怖じ気づかせたなにがあったのだろう？　イザベルは自分の欲求を否定し、消極的でいたがっている。だが、僕がそんなことはさせない。

「イザベル、現実的でいても楽しんではいけないというルールはないんだ。楽しんでくれないか？」グレイソンは彼女の香りを吸いこんだ。「じっくりとキスしても、性急に愛撫《あいぶ》をしてもいい。君が望むことをするよ」

イザベルが息をのみ、かわいいピンクの唇をすぼめて背を向けた。ようやく視線を合わせたとき、彼女の瞳孔は大きく開いていた。僕の言葉がその反応を引き起こしたのだ。もしかして少しは喜んでいたのだろうか？　興味深い。とても興味深い……。

レースではコンマ数秒の反応の遅れが大惨事につながりうる。グレイソンはプレッシャーの中でも判断を的確に行うことに長《た》けていた。それでも、今ほどのプレッシャーを感じた記憶はなかった。

簡単なことじゃないか？　結局は感情をまじえないのだから。そうだろう？

わがままなのか、虚勢なのか、それともエゴなのか、グレイソンはイザベルに楽しんでほしかった。数年前、二人は互いに惹《ひ》かれていたのかどうか知りたかった。自分の執着に終止符を打つには、正しい行動をしなければならない。

彼はイザベルの視線をまっすぐに受けとめ、おなかを下になぞった。「君は僕にキスしてほしくないらしいが……君のほうから僕にキスをせがみたくなるかもしれないぞ」

「そんなことしないわ」グレイソンの指がついに下腹部に触れ、彼女があえいだ。

「覚えておくよ」グレイソンはつぶやいた。「ゴールするのにキスは必要ない。僕は完璧主義者なんだ。目標を決めたら……必ず勝つ」

7

　イジーは全身で鼓動を感じていた。グレイソンが彼女にほとんど触れていなくても、体じゅうで彼を意識していた。耳の下の敏感な場所に唇で触れられたときも、うめき声はあげないようにした。しかしグレイソンの歯が耳をかすめると全身が震え、腰が勝手に持ちあがった。

　男らしいうなり声をもらし、彼が腰をイジーの腰に押しつけた。興奮の証《あかし》が腿に押しあてられて、彼女は体が炎に包まれたに等しい感覚に襲われた。

　グレイソンがイジーの耳元でつぶやいた。「胸に触れられるのは好きかい？」

「あの……ええ、お願い」

「礼儀正しいね、イザベル」

　グレイソンの息が首筋にかかり、イジーは彼と目を合わせた。グレイソンが彼女の胸の間を撫《な》で、バスローブを左右に開く。

　イジーはぼんやりとし、夢を見ている気分だった。地球上でもっともハンサムな男性は結ばれていたバスローブの紐《ひも》もほどいていた。

　あらわになった胸を見て、グレイソンが動きをとめた。彼は私の胸が気に入ったらしい、とイジーは気づいた。彼女に惹《ひ》かれているというグレイソンの言葉が嘘《うそ》ではなかったと思うと、不安と同時に強烈にエロティックな気持ちを味わった。

　次の瞬間、グレイソンがイジーの片方の胸の先を唇で包みこんだ。だがやさしくからかったり、撫でたりはしない。まるで彼女の望みを知っているかのように、その胸の先にゆっくりと官能的なキスをしながらもう一方の胸を手で愛撫《あいぶ》した。

暗い部屋に大きなうめき声が響き渡った。少ししてイジーはその声が自分の口から出たものだと気づいた。恥ずかしさのあまり凍りつき、体を重ねて得られる喜びの話などしなければよかったと思った。時間がかかるし、必要でもないのだから。

　けれど声に出しては言えず、イジーはグレイソンの下腹部に両手を伸ばすと、自分の腿の間に彼を誘導して望みを伝えようとした。そうしているうち、彼の骨格が自身のやわらかな曲線を描く体と違って筋肉質で力強いのを否《いや》が応でも意識した。まるで別の世界の住人みたいだ。ところがグレイソンがついにイジーの脚のつけ根に下腹部を押しあてたので、ほかのことはどうでもよくなった。

　グレイソンが顎に力をこめた険しい表情でイジーの中へ入ってきた。少しずつ体を進めては引くたびに、彼女のまぶたの裏には星がはじけた。

　イジーは、体の奥からこみあげる快感にやわらかな声をあげそうになるのをこらえた。グレイソンが身を引く前に動きをとめたときは、叫びたい衝動と闘った。彼女の腰は自ら意思を持ち、グレイソンがもっと欲しいというように動いている。しかしまた生々しいうめき声が唇からもれてしまい、イジーは硬直した。

　グレイソンが与えてくれる喜びの前では、距離を置くなど考えるのも無理だった。喜びは大きすぎる一方で、じゅうぶんとは言えなかった。これが体を重ねるという行為なの？　この激しく、飽くことのない飢えを経験するのが？

「大丈夫か？」

　頬に触れられ、イジーはもの思いから我に返った。グレイソンの茶色の瞳が彼女をじっと見つめていて、力強い手が顎をとらえている。ほんの一瞬、イジーはもう一度キスをされるのではないかと思った。世界が引っくり返ったとしか思えず、もはや冷静ではいられなかった。

「なにを望んでいるのか教えてくれないか？」グレイソンが尋ねた。その体はイジーの上で彫像のように動かなかった。

二人はまだ一つになったままだったのに、グレイソンはみじんも動かずに返事を待っていて、イジーは自分をごまかせなくなった。彼の忍耐力は静かに波打つ筋肉にも表れていた。

レーシングマシンを走らせる者はどんなことをしてもいいと思われがちだが、そうではない。エリート・ワンのレースに出るドライバーは、世界でもっとも健康的でなければならなかった。そして、イジーは雪に閉ざされた別荘でそんなドライバーを独り占めしていた。誰もが夢見るチャンスなのに、グレイソンが与えてくれる喜びを拒否しようとしていた。

ひょっとしたら、グレイソンのほうが正しいのかもしれない。私たちはお互いの魅力をうまく利用したほうがいいのでは？　感情をまじえない努力をするのではなく、私はグレイソンと体を重ねることを、これまでは怖くて求められなかったものを手にするチャンスととらえるべきなのかもしれない。

「もうちょっと……激しくしてほしい気がする」イジーがあえぎつつ言うと、グレイソンの興奮の証がよりこわばるのを感じた。

「こんなふうに？」

彼がイジーの腰をしっかりととらえて、ゆっくりと体を離してからふたたび押し入った。イジーは息をのみ、まぶたの裏にまた星がはじけるのがわかった。

「それともこんなふうにかな？」

彼はイジーの腿を大きく広げ、片方の腕をベッドのヘッドボードについて、さらに力をこめて先ほどと同じ動きを繰り返した。

イジーの息がいっそう荒くなった。「そう！」

そのあと、二人が話をすることはなかった。イジーは取りつかれたに近い感覚にとらわれ、グレイソンも彼女が人生でもっとも強烈な喜びに泣き叫ぶまで手をゆるめなかった。彼が称賛の言葉を口にするのがぼんやりと聞こえる。その姿は自らの喜びは二の次にすると決めているかのようだった。

「これが君の望みかい？」グレイソンがイジーと目を合わせ、またゆっくりと体を押し進めた。「これが僕に求めているものなのか？　教えてくれ、スイートハート」

　グレイソンがなにを言っているのか理解するまで、イジーは時間がかかった。それから彼に合わせて自分も腰を持ちあげると、新たな至福の気配が近づいてきて唖然《あぜん》とした。グレイソンと一緒になって喜びを追求するのはとてつもなく強烈な体験だった。彼はのぼりつめると同時にうなり声をあげ、衝撃的な熱い精をイジーの中に放ったあと、彼女をまたしても恍惚《こうこつ》の淵《ふち》へ投げこんだ。

　イジーは疲れはて、息もたえだえの状態だった。グレイソンが彼女の腰の下に枕を置きつつ、〝しばらく動くな〟とつぶやく声が遠くで聞こえる。

　全身に力が入らないことを考えれば動けと言われるほうが問題だと思いながら、イジーは息を整えた。寝不足の夜が続いていたせいで、グレイソンの苦笑にもかかわらずいつの間にか眠りに落ちていた。

　グレイソンは朝のトレーニングを、いつもの倍の時間をかけて行った。二十年間身を置いていたモータースポーツ界から去って以来、一日二回の厳しいトレーニングは正気を保つ役に立った。しかし今日は最新式のトレッドミルで何キロ走っても、イザベルをさがしてもう一度体を重ねたいという欲求を抑えられなかった。

　エリート・ワンでのキャリアの終わりを受け入れ

るのは大変だった。時間や気候の違う国から国へと移動することは少なくなり、絶え間なく続くテスト走行やレースの予定もなくなり、スポンサーと会う約束やマスコミの取材も数が減った。そのせいで禁断症状に近い状態に陥っていた。グレイソンにとってのドラッグとはつねに動きつづけることだった。

引退した今、好きなだけ休みは取れた。数週間は楽しかったが、そのあとは退屈だった。生来の負けず嫌いもあって、新たな挑戦をさがしたくなるのに時間はかからなかった。

昨夜、至福の体験をしたイザベルが今朝どういう態度をとるのかはわからなかった。子供をつくるという取り決めに、なにかを期待するのは間違っている。とはいえ、グレイソンは驚きを隠せずにいた。

イザベルはここ数年、誰ともつき合っていないと言った。その言葉を聞いて、まるで十代のように性急にイザベルを求めてしまうとは。

目を閉じたグレイソンは、イザベルの中に入った瞬間の感触を思い出した。あのとき、彼女は僕に反応するまいとしていた。だがその努力は無駄骨に終わり、僕は飢えた男が食事を出されたようにイザベルをむさぼった。彼女の完璧な体は僕が触れるたびに敏感に応えたし、一つになった際は口から小さな声がもれた。

それから、グレイソンは完全に我を忘れた。そしてイザベルと一緒にベッドでうとうとし、もう一度同じことができるよう体力を回復させた。だが彼女ははっきりと、今日のグレイソンの役割は終わりだと宣言した。

彼は痛烈な一撃を食らった気がして現実に引き戻された。それでもいつものように前向きに考えた。もし僕がイザベルだったとしても、繰り返したいとは思わなかったはずだ。

問題はもしイザベルが妊娠したいなら、条件がそろっている三日間が過ぎる前にもう一度僕のところに来なければならないということだ。子供を身ごもれるかどうかは、体を重ねる回数がどれだけあるかにかかっているのだから。

グレイソンはトレッドミルを一時停止にした。そうとも、その事実をイザベルには伝えておいたほうがいい……今すぐにでも。

世界最速と言ってもいい勢いでシャワーを浴びたあと、彼はゆったりとしたグレーのスウェットパンツをはき、Tシャツを着ようとしてはたと手をとめた。イザベルは僕の体をすばらしいと思っている。その点が彼女との意地の張り合いで唯一使える武器だというなら、恥ずべきだと思っていても僕は使うつもりだ。だからこそ、情け容赦ない男と言われるようになったのだろう。

下の階へ行ってみたが、ブロンドのカールと長い脚を持つ女性は見あたらなかった。

この別荘は階層が多すぎるうえに、イザベルが隠れられる部屋もたくさんあった。

そのとき居間のほうから甘い香りが漂ってきて、グレイソンは口の中に唾がわいた。キッチンは正餐《せいさん》用のダイニングルームの奥にあり、近づいていくとやさしいハミングが聞こえてきた。

こちらに背を向けたイザベルは、かかえている大きなボウルの中身を木製のスプーンでかきまぜていた。イヤフォンから流れる音楽に合わせて歌うのに没頭していて、腰が左右に揺れていた。

イザベルは歌が苦手だった。ある晴れた夏の午後、ルカが〝二人で童謡を歌って〟と頼んできたときに、グレイソンはそのことを知った。イザベルは〝歌はうまくないかもしれないけど、元気のよさで補うわ〟と冗談を言った。彼女の歌は本当に調子がはずれていて、名づけ子は大笑いし、グレイソンも無表情を保つのに苦労した。イザベルのピンクの頬は、ブロンドを際立たせるために髪の内側に入れた色と同じだった。

快活だったころのイザベルを思い出して、グレイソンは顔をしかめた。当時は自分もそんなふうになれたらいいのにと思ったものだった。

だがこの数年のイザベルは快活とはとても言えず、彼は前のような彼女に戻ってほしかった。

グレイソンはイザベルが振り向いて、自分の姿を目にするのを待った。彼女が歌と踊りをやめ、あのいまいましいよそよそしさを身にまとった。

「ごめんなさい、キッチンをさがしまわる前にそうしていいかきくべきだったわ」

「謝らないでいい。おかげで家がいい匂いでいっぱいになっているんだから」彼はさらにキッチンへ足を踏み入れ、三枚の天板いっぱいに並べられた丸いビスケットを眺めた。「僕が作った健康的なプロテイン入りパンケーキはお気に召さなかったのかな？」

イザベルがほほえみ、並べられたビスケットを見て首をかしげた。「あなたは無味乾燥な競技生活に慣れているかもしれないけど、私は正気を保つために毎日砂糖をとる必要があるの」

「無味乾燥だって？」グレイソンは息をのみ、胸に手をあてた。

「規則正しい、と言ったほうがいいのかもしれないわね。もちろん、規則は必要よ。でも、私は禁じられたものほどおいしいと固く信じているの。アイシングがされているならなおさらね」

イザベルができあがったビスケットを一枚取りあげると、なんの変哲もない丸だと思ったものは小さな雪の結晶の形をしていた。指についたアイシングを、彼女が舌でなめ取る。彼はゆっくりと息を吐き、一瞬にして体が興奮するのを感じた。

「味見してみる？」イザベルが無邪気にきいた。

彼女は気づいていない。

グレイソンは電光石火の速さでイザベルの手首をつかみ、てのひらの中心から指先に向かってゆっくりと舌をすべらせた。その甘い味にうなり声をあげ、彼女に嚙《か》みつきたい衝動に駆られる。強く嚙むのではなく、少しだけ歯を立てたい。そうしてもイザベルはいやがらない気がする。

歯で肌をかすめると、イザベルの口から小さな声がもれた。「ビスケットの味見をするかときいたのに……」

「わかっている」苦労して彼女の指についたアイシングを落としおえると、彼は唇を離して待った。

「私の手を誘惑したのね」イザベルがささやいた。「どういうつもり？」

「君が味見させてくれるというから、そうしたんだ」彼はイザベルの視線を受けとめた。「それに、僕は誘惑しないと言っただろう？」

「限りなく誘惑に近かったわ」イザベルが唇を湿らせた。「あなたはルールを破ってる」

アイシングの味を思い出してグレイソンがうなり声をあげると、彼女が目を見開き、彼は深い満足を覚えた。

「君は禁じられているものほどおいしいと言ったね？ ルールを作ると、状況によっては破ることになるんだ」

「どのルールを最初に破るの？」

「わかっているだろう」グレイソンは二人の距離をつめ、イザベルの丸みのあるヒップが調理台に押しつけられるまで近づいた。「誘惑してほしいと言ってくれ。これから三日間、僕のベッドにいる間は僕のものだと。互いに好きなだけ快楽を味わおう」

彼女が目を閉じた。「私は……」

「目を開けて僕に触れるんだ」次に抱くときは、イザベルも渇望に身を任せてくれると知りたかった。

イザベルがグレイソンの裸の胸を両手で撫で、時間をかけて愛撫した。手がスウェットパンツの薄い布地越しに下腹部をさぐりはじめると、彼は低い声で悪態をつき、愛撫をやめさせてイザベルを調理台に腰かけさせた。

「イザベル、キスしてもいいかい？」

彼女が唇を噛んでためらった。「できたらルールを守らせてもらえない？」

グレイソンはうなずいた。三年前、初めてイザベルにキスをしたとき、自分がどういう態度をとったかを考えれば失望したが、それほど驚きはしなかった。あの日、僕はあっという間に自制心を失い、彼女を自ら切り離そうとした。

あの夜をずっと後悔していると、どうしてイザベルに言えるだろう？　後悔は骨身にしみて消えることがなかった。僕はひどい仕打ちをして、自分が彼女にとってふさわしくない男だと証明してしまった。

だがその一方では、イザベルにそんなことをした真意を見抜いてほしいと愚かにも望んでいた。少しでも僕の気持ちを理解してほしいと。

グレイソンは触れたくてたまらない唇だけは避け、指先でイザベルの全身に触れた。そして彼女の肌にそっと歯を立て、時間をかけて服を一枚一枚脱がせて、約束したとおり誘惑されるとはどういうことかを正確に示した。

ついに準備の整っている脚のつけ根に指をすべりこませたときには、イザベルはグレイソンに懇願していた。のぼりつめた彼女が叫び声をあげ、大理石の料理台に仰向けになると、グレイソンは肩を強く噛んだ。それからイザベルの脚を大きく広げさせ、快楽に酔いしれた目を見つめながら、熱くとろけた場所へと身を沈めた。

グレイソンはベッドで、自分の腕の中でイザベルを手に入れ、彼女にも自分を求めさせたかった。

たちまちのぼりつめたグレイソンは腰を激しくすばやく動かし、イザベルに最後の一滴まで自身の精を放しつくした。すべてが終わったあと、彼は目を閉じ、イザベルの唇を求めたい衝動に駆られた。彼女が心にめぐらした壁を残らず壊して、なにもかも要求したかった。しかし、そうするのは公平とは言えない。今以上のものを手に入れられると自分をだますつもりはない。それでも、僕はイザベルを満足させることはできた。

グレイソンはイザベルの手を引いて自分の寝室へ連れていき、契約で求められている間、彼女と一緒に閉じこもるつもりだった。僕にはあと二日しか時間がない。それなら一秒一秒を大切にしなくては。

8

二週間、イジーは仕事に打ちこんだ。ファンタジー小説の挿絵は、特に問題のない慣れた仕事だった。しかし日がたつにつれて、彼女はますます気が散り、落ち着きを失っていた。

不思議なことにジュリアンとの子作りがうまくいかなかった数カ月間は自分の体の変化に気を配り、カレンダーで一日一日を数えていた。しかし飛行機が雪の降るダブリンに着陸し、自宅の小さなコテージで一人静寂の中にいる間、頭には一つのことしかなかった。

グレイソンのことしか。

彼の別荘のベッドで過ごした三日間のことしか。

そしてイジーの中でなにかが変わった。ジュリアンとの結婚が偽りだったとわかってから、誰にも心を開かないほうが安心できた。いったいなぜ愛する人に心を壊されないといけないの？

もちろん、グレイソンに恋をするような愚かなまねはしないけれど、少なくとも一緒に子供をつくるくらいには彼を信頼していた。私はグレイソンに身を任せ、喜びを教えてもらった。世間では心を危険にさらすとか、相手に溺れるとか、まるで恋愛がエクストリームスポーツであるかのように語られる。

イジーにとって誰かを信頼することは、その人を愛するよりずっと危険な行為だった。報われない恋をすれば心が壊れるけれど、間違った人を信じれば人生全体がだいなしになる。

人生が変わるという重大な事実が心に重くのしかかっていたせいで、二人の子供をつくるという努力がうまくいくかどうかなどほとんど考えもしなかった。しかし生理がくる予定の日になっても、イジーは妊娠検査薬を手に入れに地元のドラッグストアへ行く気力がわかなかった。小さな町では答えられない質問をされるのが目に見えていた。

イジーが戻ってきて間もなくモイラが元気な女の子を出産したので、子供を持つ最新の取り組みについてイヴには伝えずにいた。けれど昨日、チョコレートと妊娠検査薬が入った小包がグレイソンから届いた。

あなたのプライベートジェットで帰国したくないとイジーがグレイソンの機嫌を損ねるようなことを言ったあとも、彼は何度か連絡してきた。飛行機を所有するなど彼女には無駄な贅沢《ぜいたく》だし、グレイソンの裕福さにはあきれただけでそれほど驚かなかった。

二人が連絡を取り合う理由が妊娠しかなくても、彼女は気にならなかった。ただし頭はともかく、心が納得しているとは感じなかった。

ついに決意したイジーは妊娠検査薬の箱を開け、説明書を読んだ。一つ一つの手順をてきぱきとこなし、運命が決まる四分間を過ごした。

浴室内を歩きまわっていたとき、ドアベルの音がコテージに鳴り響き、時計を見てイジーは顔をしかめた。日曜日に郵便が配達されることはないし、急な来客に心あたりもない。

スモークガラスの向こうには背の高い人影がかろうじて見え、鼓動が少し速まった。のぞき穴に目をあてたとたん、息をするより早くドアを開けようと躍起になる。

外は小雨が降り、アイルランドのなだらかな丘に沿って霧がかかっていた。グレイソンはコートの襟を立て、狭い玄関に立っていた。

「あなた……私の家まで……」ほほえみたくなる衝動を抑え、イジーは驚きのこもった声でささやいた。相変わらずすてきなグレイソンがここに、私のコテージの玄関先にいるなんて。愚かな彼女はずっとグレイソンに会いたいと思っていた。

「祝うことがあるなら、仲間が欲しいんじゃないかと思ってね」

グレイソンがアイルランドに来たのが自分のためではなく、妊娠を確かめるためだと気づいて、イジーの喜びは少ししぼんだ。二人の関係はなにも変わっていない。彼のベッドに連れ戻されたとき、私一人がなにかが変わった錯覚に陥っただけで。

玄関にあった泥だらけの長靴を必死で隠しながら、イジーはグレイソンをこれまた狭い廊下に通した。そのとき、まるで合図でもされたように、四つ足の動物の足音がしてサーシャが全速力で客を出迎えた。

「だめよ、サーシャ、待て!」グレイソンの美しく折り目のついたグレーのズボンから犬を離し、彼女は叱った。「ごめんなさい、お隣の犬なの。高齢のご婦人だから、私がときどき散歩させていて。この子はまだ人への挨拶の仕方がわかってないのよ」

グレイソンがほほえみ、しゃがんでサーシャの耳の後ろをかいたので、イジーはあっけに取られた。その瞬間の彼は信じられないほど魅力的だった。情け容赦ないことで恐れられている割には、動物にはやさしい人らしい。グレイソンはそんなところを、非情なレーシングドライバーという仮面の下に隠しているようだ。彼はほかにどんな一面を隠しているのかしら？　私は我が子の父親についてちゃんと知ることができるの？　グレイソンが意外な一面をのぞかせればのぞかせるほど、私はもっと彼について知りたくなるはずだ。二人は愛し合わずに子供を育てていくのに大丈夫かしら？

軽く壁に背をあずけたイジーは、グレイソンが冷たい言葉を口にしてくれますようにと祈った。しかし残念ながら、立ちあがった彼は小さなコテージを見まわしてほほえんだ。その頬にはえくぼすらできていた。

イジーは心を守っていた最後の壁が崩れ落ち、周囲に砕け散るのをたしかに感じた。

「そのようだな」グレイソンがやはり狭い居間を歩き、暖炉の上に置かれたいくつもある小さな彫像に触れた。「リフォームは一人でしたと言ったね？」

別荘での最後の夜、二人で夜明けまで話しこんだとき、イジーは自分の子供時代や、人生の大半を根無し草として生きてきたが初めて家を買ったことについて語った。「きらびやかな氷の宮殿でもないし、モンテカルロにあるわけでもないけどね」

「僕の別荘の内装をもの足りないと言った理由がわかったよ」グレイソンがつぶやき、本棚に手をすべらせた。本棚にはお気に入りのファンタジー小説と、大切にしている絵が並べてあった。彼の手はイジーが幼いころに描いたクレヨン画に触れていた。

子供のころ、丘の上に立つ大きな家を描くのが習慣だったとイジーはグレイソンに話した。その家には四角い窓が正面に四つ、大きな赤いドアが一つあるのだと。引っ越すたびに同じ家を描いては、彼女はそこで家族と暮らすところを想像していた。その行為を通じて、想像力が心をなぐさめることを学んだ。本を読んだり、クレヨンで絵を描いたりすれば自分の世界をつくり出せる。それは彼女にとって大切な作業だった。今でも挿絵を描くときは幼いころに学んだ真実を肝に銘じていた。

「もの足りないなんて言わなかったわ」イジーは手の甲で笑みを隠し、キッチンに向かった。

グレイソンがついてきた。「まあね。だが思ってはいただろう？」

「あなたの傷つきやすいエゴを侮辱するつもりなんてこれっぽっちもなかったの」彼女は大きく息を吐き、穏やかに笑ってから、狭いキッチンでグレイソンに向き直った。「でも、今はあなたにいったいどんな飲み物を出せばいいのかわからなくてとまどってる。うちには高級なコーヒーもなければ、一流シェフが作ったお菓子もないから」

「なにも出さなくていいよ、イザベル」

「アイルランド人なら、お客をもてなすのが常識なのよ。だから、紅茶をいれるわね。チューリッヒであなたが出してくれたようなのじゃなくて、ちゃんとした紅茶を。それから確認しましょうか……」イジーは言葉を切り、額をぴしゃりとたたいた。「検査薬！」

小さな浴室に駆けこみ、洗面台から白いスティックを取りあげたとき、後ろから彼がやってくる音が聞こえた。

「あなたが来たとき、結果を待っているところだったの」

「僕は一度帰ったほうがいいか？」

イジーは首を横に振った。「私と同じくらい、あなたにとっても大事な瞬間でしょう？」

深呼吸をしたイジーは、トイレットペーパーに包んでいたスティックを取り出した。緊張がどんどんつのっていく。いよいよ、二人の間に子供ができたかどうかがわかる。もしできていたら赤ん坊が生まれてくるまで、定期的に受ける妊婦健診以外で二人が会う機会はなくなる。

そういう計画だった。

どちらにも見えるよう、彼女は白いスティックをカウンターの上に置いた。そこに表れた小さな文字を理解して、つめていた息を吐く。

〝妊娠していません〟

グレイソンはそばにいたけれど、イジーはあえて彼を見ようとはしなかった。胸の中では感情が爆発し、手が震えていた。

突然、こういう検査をするときはいつもそうしていたように、一人でいたくなった。それがジュリアンの失望のメールやいらだちに対処する唯一の方法だった。だが亡き夫の反応は嘘《うそ》で、イジーを操るのが目的だった。

しかし心の声が今回の子供をつくるという契約自体が間違いだったと告げる前に、グレイソンと鏡越しに目が合った。彼の瞳に燃えている感情はよくわからなかったが、腹をたてているようには見えなかった。「まあ、これでいったん終わったわね」イジーは無理に笑顔を作って彼に向き直った。「うまくいかなかったけど」

「今回はうまくいかなかっただけだ」グレイソンの鋭い視線は彼女の表情からあまりにも多くを読み取っていた。「次はもう少しがんばらないとな」

頭の中にベッドをともにする二人の姿が浮かび、イジーは全身が熱くなった。妊娠していなかった事実に動揺しているはずなのに意味がわからない。何度も味わった不甲斐《ふがい》なさが襲ってくるのを待ったけれど、代わりに感じたのは安堵《あんど》でぞっとした。少なくともあと一カ月は、グレイソンのベッドにいる女は自分一人だと思うとほっとせずにいられない。そこまで考えると、これまで以上に混乱した。

その瞬間、イジーは悟った。これは間違いなく大変な事態だ。

グレイソンはなぜわざわざアイルランドまでやってきたのか、自分でもよくわからなかった。イザベルからは結果をメールで送ると言われていたのに。

小雨が降る中、曲がりくねった田舎道にぽんこつのレンタカーを走らせるのは意外なほどむずかしかった。しかしイザベルは助手席でくつろぎながら、有名人の彼について質問したい地元の人々を避けるために町を離れるよう言った。

もし仲間のレーシングドライバーたちが今の僕を見たら……どれだけ笑うことか。グレイソンは運転しているのが自分の車で、イサベルの巻き毛が風になびいているところを想像した。その光景はあまりにも鮮やかで、奥歯を痛いくらい噛《か》みしめた。

妊娠検査の結果を待つ間、頭の中はイザベルでいっぱいだった。もちろん、彼の身勝手な部分はイザベルと三日間ベッドをともにできるチャンスがまためぐってきたのを喜んでいて、さっそくその期間をどこで過ごすか計画を立てはじめていた。しかし彼女に惹《ひ》かれる気持ちを欲望で片づけようとすればするほど、心はそれ以上を求めた。

通り過ぎる緑の野原を静かに見つめるイザベルを横目で見ながら、もし妊娠検査が陽性だったらどうなっていただろう、とグレイソンは考えた。そのときは今後イザベルと会う機会は妊婦健診だけになり、出産後は二人で決めた共同養育のスケジュールに従っていたはずだ。

イサベルに言われた場所に車をとめて、グレイソンは顎に力をこめた。

「ここの食事はおいしいけど、高級ってわけじゃないからあなたの好みじゃないかも……」イザベルが唇を噛んだ。車から降りて山の中腹にあるパブの藁《わら》葺《ぶ》き屋根を見る顔は、急に自信を失っていた。

「本場のアイルランド料理が食べたいと言ったのは僕だ」

「そうよね。ところで、すてきな容姿だからって注目を集めるようなまねはしないで。サインを書くあなたを何時間も待つのはごめんだわ」

「なぜルカが君を大好きなのか、今わかったよ」

「していいことと、いけないことをはっきりさせていたおかげでしょうね」

「案内してくれ」

イザベルがくるりと背を向け、美しい曲線を描く体を揺らしつつ颯爽《さっそう》と歩く間、グレイソンはきつくなったジーンズを無視しようとした。

パブの内装も外観と同じく趣があった。磨きあげられた石の床と、広く開放的な空間の一角に背の高い暖炉がある。壁に貼られたポスターや飾られている記念品は昔の広告か、アイルランドの有名ミュージシャンや詩人のもののようだ。観光客にも人気なことはにぎやかな雰囲気と、テーブルの人々から聞こえるさまざまな言語からわかった。

グレイソンは過去に二度アイルランドを訪れたことがあるが、そのときも今も有名人に対する人々の関心の低さに好感を持った。

イザベルが日曜日に食べる伝統的なランチを紹介する間、周囲は音楽と会話であふれていた。料理は濃厚な野菜スープから始まり、生地にギネスビールをまぜて焼いた熱々のパンにはとんでもなくおいしいバターが添えられていた。金色のバターはほんのり塩味がきいていて、グレイソンは声をもらさずにいられなかった。イザベルがナプキンで悦に入った笑みを隠そうとしたが、彼は見逃さず、わざと顔をしかめた。彼女の笑みがいっそう大きくなる。

次に出てきたのはグレイビーソースがたっぷりとかかったローストビーフで、つけ合わせは口あたりがなめらかなマッシュポテトと蒸し野菜だった。盛りつけもシンプルなら、味つけもシンプルだった。食事をしている間も人々はグレイソンをじろじろ見ることも、地元出身しかわからない暗黙のルールを押しつけることもなかった。彼らはただ、週末に愛する人たちとのんびり食事を楽しんでいた。

レーシングドライバーとしてめざましい活躍をする前の生活とよく似ている、と彼は思った。しかし、今となっては当時の記憶はほとんどなかった。

「さて、アイルランド料理は僕の好みじゃないと、もう一度言ってくれないか？」

イザベルは椅子の背にもたれ、満足げにおなかを撫《な》でていた。パブの薄暗い明かりの中で目を輝かせてほほえむ姿に、グレイソンはどきりとした。

「私が間違っていたわ」

彼は無理に笑みを浮かべた。緊張しているのに気づいたのか、イザベルはなにも言わなかった。なにかきかれても、彼女に説明できるとは思えなかった。

二人はデザートを断り、晴れていたので山を散歩することにした。しかし急に雨が降ってきて、車に戻るころにはずぶ濡《ぬ》れになった。

コテージに戻る途中、イザベルはヤングアダルト向けのファンタジー小説の表紙イラストの話をした。自分の仕事と、そのために習得しなければならない新しい技術について語る間、彼女の顔は輝いていた。どうやらイザベルは完璧主義者で、誰よりも仕事熱心らしい。気持ちはよくわかる。

家に到着すると、グレイソンはイザベルが断っても玄関まで送った。彼女はそこで立ちどまり、しばらく鍵をもてあそんでいた。十代向けのコメディ映画でよくある気まずい初デートの終わりみたいだ、とグレイソンは思った。

「あなたが今日、ここに来てくれてうれしかったわ」イザベルが小さな声で言い、雨がやんで今は地平線に沈みゆく太陽を見つめた。「スケジュールがだいなしになってしまったでしょう。妊娠していなかったのに、わざわざ足を運んでもらって」

「わざわざとは思っていないよ。僕はしたくないことは絶対にしない男なんだ、イザベル」

この二、三週間、どれだけイザベルが頭から離れなかったかを明かすのはためらわれた。あの三日間を思い出しただけで、どれほど心が揺さぶられ、体が過剰に熱をおびたかを。僕は必要以上の時間を彼女と過ごしたい。だが、そうはしないとすでに二人で決めている。

グレイソンは自制心を働かせ、二人の間に距離を置きながら今回の提案をした。イザベルなら彼の子供にとって理想的な母親であり、離婚のリスクや騒動もない相手だ。だが今日みたいな時間の過ごし方をしていたら、彼女が二人の関係にありもしないものを求める危険があり、そうなったらどちらにとっても悲惨な結果になってしまう。

彼は腕時計を確認した。そろそろ空港に行かないと、シンガポール行きの便を変更しなければならなくなる。

理性的に作成した契約から利益を得る一方で、僕は冷静にふるまい、イザベルへの欲望を抑えつけていると思っていた。懇願するのは彼女のほうであってほしかった。しかし実際は逆だったらしい。

「おいしいアイルランドのバターが少しはうめ合わせになったかしら？」イザベルが言った。「容器から直接食べる人なんて初めて見たわ」

「箱で注文しようか迷っているところだよ。そうすればどこへでも持っていけるだろう？」

イザベルが笑った。だが声は少しうつろだった。

「引退したあともあちこち旅しているのね？」

　グレイソンはうなずいた。

　彼女が唇を噛み、しばらく考えこんだ。「グレイソン、あなたには知っておいてほしいの。もし契約を考え直したいなら――」

「そうしたいと思ったことは一度もないよ」

「今はそうかもしれない。でも妊娠するまで時間がかかる人もいるし、それに――」

「イザベル、僕は君に契約を疑わせるようなことをしたのかな？」グレイソンは狭いポーチで彼女に一歩近づいた。

　おかげでイザベルの淡い緑色の瞳には金色の小さな斑点があって、鼻と頬にはそばかすが散らばっているのがわかった。彼女はグレイソンをじっと見つめ、前にもしたように目を見開いた。僕と同じくらい興奮しているのだろうか、と彼は思った。欲望を解消したくて体がうずいている？

「まさか、そんなことはしていないわ」イザベルが勢いよく息を吸い、頬を薔薇《ばら》色に染めた。「あなたはとても思慮深くて忍耐強かったし、私は契約どおりもう一度同じことをしたいと思っているわ」

　ふたたび顔を赤らめた彼女を見て、グレイソンは下腹部に熱を感じた。彼女はすでに期待しているのか？一度で終わらなかったとひそかに喜んでいるのだろうか？

　勝利をおさめられなくてこれほどほっとしたのは初めてだった。レースではありえないことだ。雪に閉ざされた別荘での三日間は、欲望の持続という訓練に等しかった。そのあとグレイソンは何日も興奮をもてあまし、いかにイザベルの体に溺れていたかを思い知った。それだけ彼女は僕にすっかり心を開き、喜びに身をゆだねていたのだ。

　グレイソンは手を伸ばし、イザベルの顎にかすかに触れてから自分と目を合わさせた。「君もすばらしかったよ」

彼女が身を乗り出し、驚いたことにグレイソンの唇にそっとキスをした。三年前の夜以来、彼女がキスをしたのは初めてだった。

太陽の光を浴びたように、グレイソンの肌に熱が瞬時に広がり、骨にまで伝わった。彼は自分の体が冷えきっているのにさえ気づいていなかった。しかしキスをしたときと同じくらいすばやく、彼女が身を引いた。

「ごめんなさい、私……」

グレイソンはイザベルを抱きよせ、謝る彼女の唇を唇でふさいだ。イザベルのキスはやさしく甘かったが、彼のキスは飢えと要求に満ちていた。

以前、イザベルはキスをしないでほしいと言い、グレイソンは彼女の言葉に従った。しかし今、イザベルはそのルールを破った。グレイソンは両手でイザベルのやわらかな腰をとらえ、下腹部を押しつけて官能的に獰猛《どうもう》に彼女をむさぼった。そしてイザベルと自分を罰し、互いに同意していた取り決めを破った。問題はもはや契約ではなく、二人がどうするかだった。

ようやく顔を上げたグレイソンは、イザベルを見て満足した。薄れゆく夕暮れの光の中で、二人は息を切らして見つめ合っていた。彼女は大きく息を吐く間も視線をそらさなかった。瞳孔は欲望で大きく開き、唇はキスによって腫れていた。

彼がイザベルの濡れた唇を指先でなぞると、彼女が震えた。「帰ってほしいなら……そうするよ」

「わかってるわ」

その言葉は、グレイソンがイザベルを抱きよせる許可となった。これまでの彼はキスをセックスの前段階としか考えていなかった。しかし、イザベルとなら何時間でもキスができた。近所の人に噂《うわさ》されてもかまわなかった。今のグレイソンは、目の前の女性をいちばん近いベッドに運びたいとしか思っていなかった。

彼はイザベルのすべてになりたかった。これ以上彼女のほほえみがほかの誰かに向けられるのには耐えられなかった。入念に心にまとった鎧《よろい》がずたずたにされた気分だ。僕の名声や富に一度も惹かれたことがないイザベルがずっと腹立たしかった。彼女こそ僕が二十年もの間、集中しなければならないことに集中しつづけるために無理をしてでも避けてきたものだが、その味を知った以上もはや無視はできない。

グレイソンの頭の中はもっと欲しいという思いでいっぱいだった。

9

グレイソンと玄関のドアを抜け、狭い廊下で息をするのも忘れてキスをしていることに、イジーはぼんやりとしか気づいていなかった。

グレイソンの片方の手は彼女の髪をつかみ、もう一方の手は首を撫《な》でていた。熱い唇と舌は彼女の理性をからかうようにリズミカルに動いている。

イジーがキスを返すのをやめると、グレイソンは抗議のうなり声をあげ、首筋を唇でたどった。

「これって妊娠しやすい時期にしかベッドをともにしないというルールに反してない？」彼女はなんとか言葉を押し出した。

「僕が決めたルールじゃないし、最初に破ったのは君だ」彼がかすれた声で訴えた。たしかに。キスをしたのは理由があったからだけれど、グレイソンの罪深い唇が押しあてられるとなにも考えられなくなってしまった。それどころか彼の髪に指を差し入れ、巧みな愛撫《あいぶ》にもだえながらさらなるものを求めていた。

　この強烈に惹《ひ》かれ合う力こそ、イジーは抑えつけておかなければならなかった。それでもグレイソンにやめてとは言えなかった。彼がイジーを引きよせ、はっきりと興奮した下腹部に密着させた。

「ごめんなさい」

　グレイソンが凍りつき、イジーが彼を受け入れる準備を十二分に整えていた場所から身を離した。

「でも……」ため息をつく。「すてきだったわ」

　その言葉はなぐさめになったようだが、グレイソンがふたたび体を寄せることはなく、一定の距離を保ちながらゆっくりとキスをした。イジーが寝室へ行こうと手を取っても彼は従わず、代わりに彼女をソファに横たわらせた。そして服を着たまま、さらに唇を重ねた。

　キスは過剰であると同時にもの足りなかった。スイスでのキスのほうが十倍は親密じゃなかった？　二人の間にある目に見えない一線を越えるのも十倍苦労した気がする。けれど、この瞬間のほうが……新しいなにかを感じるのだ。前に二人の間であったことは取り決めどおりだった。グレイソンが言ったように、二人は互いの魅力を利用しているにすぎなかった。

　しかし今、イジーはここでなにをしているのかわからなかった。なぜグレイソンは華やかさとは無縁のアイルランドのパブで食事をし、散歩をするという一日を過ごしたの？　彼女の頭の中は混乱と驚きでいっぱいだった。長い間封じていたロマンティックな一面が、彼の行動に意味を見いだそうと躍起になっていた。

「グレイソン……気をつかう必要はないわ。私は望んでいるから」

長い間イジーを見つめる彼の表情は読めなかった。手が彼女の顎を包み、指先が敏感な肌をゆっくりとなぞる。「僕はセックスのために来たんじゃない」

「なにもしなくてもいいのよ」

「信じてほしい。この二週間、こうすることを想像してばかりいた。だが、君がいやがるならなにもするつもりはないんだ」

イジーの中のロマンティックな一面が希望を抱き、歓喜した。グレイソンは私のことを考えていた。この二週間、私と同じように彼も一緒に過ごした時間を思い返していたのだ。その事実が二人の関係と契約にどう影響するのかはわからないけれど、グレイソンは私にもう一度キスをした。

今夜、体を重ねても妊娠する可能性はない。もし私とグレイソンが一つになるとしたら、それはただ喜びと目もくらむ至福を味わいたいからにほかならない。私と彼が求め合っているというだけだ。

イジーはグレイソンを引きよせ、これまで以上に積極的に独占欲をこめて彼の唇をふさいだ。すると大胆な気持ちがこみあげ、欲望に体が熱くなり、彼に飢えているのを感じた。目の前の男性が欲しくてたまらなかった。

雪に閉ざされた別荘でも幾度となく結ばれたけれど、契約に関係なくグレイソンが私を求めているとは知らなかった。私は彼がベッドにいてほしいと望む女なのだ——今はソファに座っているけれど。グレイソンはそんな目で私を見つめている。

「君がなにを考えているのか教えてくれ」彼がうなった。

「私たち二人とも服を着すぎだわ」

「そうか?」

　イジーはもごもごと同意した。グレイソンが腰を動かすと、興奮の証《あかし》が彼女の腿の間のやわらかな場所に触れ、神経という神経に衝撃が走った。

　Tシャツをせわしなく頭から脱がすなり、グレイソンがイジーの胸に口づけした。「見つけたぞ」うなり声をあげ、彼女の硬くなった胸の先を唇で挟んだ。

「それって私のことを言ったの？　それとも胸のこと？」

「前回、とても印象に残ったんでね」彼がイジーを見てにやりとした。それからゆっくりと舌で彼女の肌をなぞり、指で脚のつけ根を刺激して喜びを与えた。イジーの好みをすぐに見抜き、得た知識を総動員して、わずか二分で体がばらばらになるほどのクライマックスに導く。彼女を見るグレイソンの顔は完全に悦に入っていた。

　そのあと、二人は服を脱ぐというより、引きちぎるようにして裸になった。イジーがグレイソンのシャツの前を無我夢中で左右に引っぱると、ボタンが木の床に落ちる音がたしかに聞こえた。

　イジーの中に身を沈めるにつれ、グレイソンの低い笑い声はうなり声に変わった。彼女は息もできないほどの欲望に駆られていたけれど、一つになったとたんグレイソンの整った顔が柔和になるのを見て、心が驚くほど静まるのがわかった。しかし彼がゆっくりと腰を動かし出すと、ふたたび喜びの中で砕け散りそうになったものの、今回は二人で一緒にのぼりつめたかった。

「イザベル、もう一度スイスのときと同じことをしてくれ。君を感じさせてほしいんだ」

　イジーはその言葉に従った。声にならない悲鳴をあげて恍惚《こうこつ》の淵《ふち》に身を投げた瞬間、グレイソンも解放の雄叫《おたけ》びとともに彼女の上に倒れこんだ。

　二人とも長い間動かず、荒い息づかいを繰り返していた。やがて夜の冷気にイジーは身を震わせた。ぼんやりとした意識の中でも、グレイソンが眠るつもりで寝室へ連れていってくれたことはわかった。しかし二人の体に上掛けがかけられると、彼女は両手でグレイソンの体をさぐりはじめた。

「君は飽くことを知らないのか？」

彼は忍び笑いをもらしただけで、イジーをとめなかった。ただ横になり、彼女がどれほど貪欲なのか見せつけるのを眺めた。しかし我慢の限界に達すると、イジーを自分の上にのせ、時間をかけて至福の瞬間をめざした。

コテージのどこかから自分の携帯電話が鳴る音がして、グレイソンは夜明け前にベッドから出た。暗闇の中で何度もどこかにぶつかりつつ、先ほど脱ぎ捨てた服の山から電話を見つけ出す。「早いな、アストリッド。大事な話だといいが」

親しい友人であり、レーシングチームの広報責任者の冷ややかな声が聞こえた。「グレイソン、あなたが予定どおりシンガポールにいるなら、今は午後でしょう」

「土壇場で旅の目的地を変えたんだ」彼は軽い口調を装った。「個人的な用事があってね。重要なイベントを欠席してはいない」

返ってきたのは長い沈黙だった。どうやら悪い知らせがあるのか、あるいは僕が大失敗をしていて、アストリッドが叱責の電話をかけてきたかのどちらかだろう。グレイソンは後者だと思った。

「その〝個人的な用事〟って、謎の女性とアイルランドの田舎町にいるという噂《うわさ》と関係あるのかしら？　SNSが騒いでいて私の電話が鳴りやまないの」

グレイソンは硬直した。「写真はあるのか？」

「あなたがパブにいる、すごく画質の悪い写真があるわ。URLを送るわね」

　写真の中のグレイソンは横を向いて笑っていた。イザベルはちらりとブロンドのカールが写っているだけだ。写真を撮っている者がいるとは思わなかったが、僕に気づいた誰かがいたのだろう。

　イザベルが苦労してリフォームした居心地のよい居間を見まわし、グレイソンは膝をついたまま考えた。自分がここに来ればめだつのはわかっていた。それでも、もう一度彼女に会いたかったのだ。

「それで？　私はどんなコメントを出せばいい？」

　彼は動揺した手で顔をこすった。「なにも言わないでくれ。ノーコメントで頼む。休暇中だから」

「そんな発言じゃ、騒ぎはおさまらないわ。あなたはどこへ行くのか誰にもなにも言わず、モナコの会議から抜け出した。そして今はあてもなくアイルランドを旅しているのね」

　グレイソンは友人の知ったような口調に眉をひそめた。アストリッドが秘書から転身して、モータースポーツ界でもっとも引く手あまたな広報責任者として成功したのには理由がある。彼女はまだファルコ・ルーで働いているものの、引退したグレイソンの代理人も務めていた。そして、こちらがなにか隠しているのに気づいている。モータースポーツ界きってのエゴの持ち主を監視するのが、アストリッドの仕事だからだ。

「僕もたまにはプライバシーを大切にしたいんだ」

　それは明らかなはぐらかしだったが、罪悪感は無視した。少なくとも嘘《うそ》ではなかった。

「わかったわ……」アストリッドの声はとまどい、ほんの少し傷ついていた。「まあ、今のところは質問されてもごまかせると思う。でもあなたが公の場に姿を見せなければ、憶測を呼ぶだけなのは知っているわよね？　のんびりできるわけじゃないのよ」

　グレイソンは眉間をつまんだ。「なにか考える」

「イベントに誰かを連れてくる気なら、私に知らせて。プライバシーを大事にするのもいいけど、今はいい報道があったほうがいいでしょう、グレイソン。いずれは謎の女性について明かさないといけないんだから」

電話を切ったグレイソンは、自分の有名人としての一面をどう考えるかイザベルと話し合っていなかったのに気づいて重苦しい気持ちになった。彼女は僕がいる世界とは距離を置きたいと言っていたが、その選択肢が奪われる場合もあるのだ。

アストリッドは正しい。イザベルとの関係をずっと秘密にはしておけない。二人の間に子供が生まれ、僕が頻繁に飛行機で通うようになれば、人目につかずにいるのは不可能だ。しかし関係を公にして、イザベルの信頼を失う危険は冒したくない。世間の厳しい目を避けたいかどうかは彼女が決めることだ。

「大丈夫？」

イザベルの眠そうな声が背後のドアのあたりから聞こえた。部屋は暗かったが、中へ入っていいかわからず、彼女が少し緊張しているのはわかった。

「アストリッドから電話があった」そう言ってもイザベルはほっとしなかった。どちらかといえばさらに緊張したように見えた。

グレイソンをさがしに来たイジーは髪に寝ぐせがついていて、オーバーサイズのスーパーヒーローのTシャツを着ていた。その姿はとてもかわいい。しかしグレイソンの頭の中は、ソファの上で裸にした彼女が自分の名前を叫んでいる光景でいっぱいだった。僕はまだその特別な声を満足できるほど聞いたとは思わない……。

「なにかよくないことでもあったの？」イザベルが口を開き、グレイソンはもの思いから覚めた。Tシャツの裾をいじっている彼女は目を合わせようとしない。

「僕がゆうべシンガポール行きの飛行機に乗るはずだったのに乗っていなかったから、アストリッドが電話をかけてきたんだ」

　イザベルが顔を上げ、グレイソンを見た。「どうして乗らなかったの？」

「僕を引きとめたのを後悔しているのか？」

「いいえ、そうじゃない。私はただ……二人の取り決めがほかに影響を与えてほしくないの。あなたはキャリアを大事にして」

　現実的な言葉を聞いたのだから、心が落ち着いてもよかった。だが彼はイザベルを引きよせ、彼女の膝を腿で挟みこんだ。「アストリッドが電話してきた理由はそれだけじゃない。昨日、僕がパブでランチをとっていた写真が何枚かＳＮＳにアップされたらしい。心配しないでいい、君は写ってなかった。アストリッドは、僕の同伴者についてマスコミにどう伝えればいいのか知りたかったんだ」

　イザベルの動きがとまった。グレイソンは彼女の体が緊張し、遠ざかろうとして体重が移動するのを感じた。一瞬引きとめようとしたものの、結局は手を離す。案の定、イザベルはあっという間に部屋の反対側に歩いていった。

「僕はノーコメントと言った」

「そう」彼女がうなずき、両腕で自分を抱きしめた。

「それだけかい？」立ちあがり、早足で二人の距離をつめた。「とても納得したようには見えないが」

「こんなことになるなんて考えてなかった」イザベルが弱々しい声で言った。「あなたが誰なのかを考えたら、自分の存在を秘密にしておけると思ってちゃいけなかったんだわ」

　グレイソンは目を閉じ、写真をＳＮＳに投稿した人物を憎むのと同じくらい、こんな見落としをしていた自分を憎んだ。しかし彼女は正しい。二人の関係を世間にいつまでも隠しておけるとはとても思えなかった。「君が契約に関して考え直したいなら、受け入れるよ」

「いいえ」イザベルが乱れた髪を左右に揺らした。「そうはしたくない。ただ、もう少し現実的な考え方が必要かも」

「僕もある程度なら君を守れるが、保証できるプライバシーは僕自身のと同程度だろう」

「でも、メディアの受け取り方は変えられる。私たちがどんなコメントを発表するかで」

「それが僕の住む世界だ。君や赤ん坊はかかわりのない場所だよ」

「予想はしていなかったけど、私は契約に同意した。世間が騒ぐ話には先手を打ったほうがいいわ。私たちは共同親権を持つことになる。だったら、子供には奇妙な取り決めがあったと打ち明けるよりも、父親と母親はつかの間の火遊びをしたと伝えたほうがいいんじゃない？」

「火遊びだって？」グレイソンはゆっくりと尋ねた。

「偽りのね」深呼吸をして、イザベルが言い直した。「私もあなたと一緒にシンガポールに行くわ。そこでつき合っているふりをしましょう」

まる一週間、イザベルと昼も夜も一緒にいるだって？　契約書にそんな文言はなかった。

新たな提案に飛びつこうとしたとき、グレイソンは彼女の不安そうな表情に気づいた。次になにを言われるのかはわからなかったが、めくるめく快楽の日々を過ごすことではないのは瞬時に理解できた。

「グレイソン……ゆうべ、私たちはルールを破ってしまったわ」イザベルが姿勢を正し、また深呼吸をした。「もしあなたとシンガポールに行くとしても、取り決めにあてはまらない条件で体を重ねるのはもうやめましょう」

10

イジーがシンガポールへ行くと言ったあと、グレイソンは急いで電話をかけはじめた。

胸の内のパニックを無視し、彼女はシャワーを浴びて服を着ると、養育係《ナニー》だったころに何度もしたように紫色の小さなスーツケースを出した。海外を飛びまわる多忙な家族の子供の面倒を何年も見るうちに、急な荷造りは得意になった。持っていくのは湿度の高いシンガポールの気候に適した服が数着、ウォーキングシューズが数足、そしてどこに着ていっても通用する黒のイブニングドレスだ。

けれど朝の光に照らすとドレスは裾がほつれていて、イジーは顔をしかめた。全財産は自宅のリフォームに注《っ》ぎこんだし、新しい服を買う理由はなかった。これでは世界的に有名なレーシングドライバーの恋人にふさわしくない。でも理想的でなくても、このドレスを着るしかないだろう。

振り返るとグレイソンが廊下で携帯電話を耳にあてたまま、イジーの荷造りを見ていた。「彼女にはイベント用の衣装も必要だ」電話の相手に言う。「その手配も頼む」

「グレイソン……」彼女は恥ずかしくて赤くなった。

彼が電話を遠ざけた。「イザベル、君を甘やかさせてくれ」

二人での旅行の計画を立てていくグレイソンの落ち着いた声を無視したくて、イジーは浴室に逃げこみ、着替えをすませた。

空港へ車で向かう間も、グレイソンは何度も電話に出た。

プライベートジェットにはこれまでに経験のない

贅沢《ぜいたく》な設備がそろっていた。ダブリン郊外にある小さな飛行場に到着した瞬間から、イジーは別世界に足を踏み入れた気分だった。裕福な家庭の移動手段には慣れていると思っていた。アストリッドとルカとは一緒にビジネスクラスを利用したこともあった。

しかし、グレイソンのプライベートジェットはホテルのペントハウスも同じだった。五人の乗務員が最高級の食事を提供し、複数あるベッドは巨大で、美しい革の座席は広く、隣の席との間隔もかなりあった。それぞれの席には専用のテレビと、仕事に必要なあらゆるものが備えつけられていた。

イジーはグレイソンの視線を感じながら寝室を歩きまわり、クイーンサイズのベッドに腰かけた。

「普通のベッドとまったく同じだわ」これまた最高級のシーツに寝転がりたい衝動を抑えつけて言う。

「もっと固いと思っていたのかい？」

「飛行機には重量制限があると思ってたの。こんなベッド、テレビでしか見たことないわ」

「ジュリアンとの移動も同じだと思っていたよ」

先ほどまでの喜びが吹き飛んで、イジーはうつむいた。「アイルランドに二人で戻ったときの航空券のお金は、私が払ったの。浮気に気づいたのも、彼が私のクレジットカードを使ってマイアミまでファーストクラスで行ったからだった。民間航空機に乗るのは嫌いな人だったけど、お金がなくて……」

自分が意図した以上のことを言ったのに気づいて、彼女は肩をすくめた。ジュリアンのそんな話を、グレイソンは聞きたくないだろう。でも、過去のことで嘘《うそ》をつくのはもうたくさんだ。

グレイソンの表情は険しかった。重く張りつめた沈黙を破って、彼がやっと言った。「ジュリアンは君がいて幸運だった。たとえ彼がそのことに気づいていなかったとしてもだ」

「こういう贅沢な環境で育ったから、これ以下の移動手段には我慢ならなかったのね。それでも、体を固定せずにこのベッドで眠るのは危険じゃないかしら？　本当に睡眠のために使われているの？」

「ほかのベッドと同じだよ、イザベル。休むかどうかは君が決めればいい」

　イジーはその言葉をゆっくりと頭の中で噛《か》みしめ、グレイソンの引きしまった大きな体が自分におおいかぶさる姿を思い浮かべた。

　頬の内側を強く噛んで、うめき声をこらえる。グレイソンがまだそばでこちらを見ているので、顔が赤くなっていませんようにと祈った。

　しかしグレイソンは座席までついてきたあとは、パイロットと話をしにコックピットへ行き、イジーは離陸まで一人で過ごした。

　機内で誘惑されるのでは、という心配も杞《き》憂《ゆう》に終わった。グレイソンは、チャリティレースに参加するほかのレーシングドライバーも乗せるためにロンドンに立ちよったからだ。

　最初に現れたドライバーは五十代のイギリス人元チャンピオンで、現在は有名なスポーツコメンテーターだった。彼は妻と、ひどく恥ずかしそうな十代の息子を二人連れていた。彼らがおどおどしている理由は、すぐ後ろにいた二人目のドライバーが二十代前半の美しいブルネット女性だからだった。

　ニーナ・ルーを知らない者はいない。彼女の一族が所有していた、モナコを拠点とするレーシングチームが財政難に陥っていることはニュースでよく取りあげられていた。プレイボーイの億万長者に買収され、ファルコ・ルーとして生まれ変わった歴史あるチームは、グレイソンを数年メインドライバーとして起用していた。

　礼儀正しい世間話のあと、三人のドライバーが予想どおりレースの話を始めると、イジーは十代の男の子たちと母親の相手をした。男の子の一人がファンタジー小説の熱心な読者だとわかったときは、喜んで自分が書いた挿絵を披露した。

驚いたことに、そのときグレイソンがイジーの横の席にすべりこんできた。「話に夢中になって、緊張している君を忘れるところだったよ」やさしいまなざしを向けてから彼女の手を取り、そっとキスをする。

「必要ないことを――」イジーは言葉を切った。まわりの人々はじっとこちらを見ていた。

私たちはカップルを演じなければいけない。

今週は似たような機会がたくさんありそうだと思うと、胃が痛くなった。

それからもグレイソンはずっとイジーに気を配り、魅力を振りまきつづけた。ほかの二人のドライバーはこちらを見て愉快そうな笑みを浮かべていた。

「黄金の獅子《しし》が手なずけられる日がくるとは思わなかったよ」グレイソンがイジーに紅茶を持ってきたり、冷えないよう膝に毛布をかけたりしているのを見て、年配のドライバーが言った。「ミス・オサリヴァンはたいした女性だな」

「僕が子猫になったと言いたいのか？」グレイソンがおもしろそうに眉をひそめ、イジーの腿に手を置いた。「君はどう思う、マイ・ラブ？」

「あなたはまだちゃんと獰猛《どうもう》よ、ダーリン」

恋人への呼びかけを口にしたとたん、イジーの脈拍は急上昇した。グレイソンがにっこりしたので鼓動はさらに速まり、彼女はトイレに立った。

機内に戻ったときには眠るために明かりが落とされ、グレイソンが二つの座席の背を倒して二人が並んで寝られるようにしていた。

長い空の旅になりそうだ。

パイロットがシンガポール・チャンギ国際空港への降下を知らせるまでに、イジーは来週出版社に送る挿絵の下書きをし、長い仮眠を二度とった。彼女の生理はいつも二日目が最悪で、その影響がはっきりと表れていた。

ほかの乗客は先に降り、ホテルに向かっていた。彼女が駐機場で待っていた運転手つきの車めざして歩き出したとき、湿気を含んだ暖かな空気が肺に入ってきた。グレイソンからは彼の広報担当者の一人と会い、今後数日間のスケジュールを聞くと言われていた。しかしグレイソンもイジーも、アストリッド・ルイスが現れるとは予想していなかった。

「気まずい再会をしたくなかったから、私があなたたちを出迎えることにしたの」

グレイソンが目に見えてたじろぎ、そばで固まっているイジーを振り返った。「僕に任せてくれ」低い声で言い、彼女の頬を撫《な》でる。

その親しげな仕草を見て、アストリッドのすました笑みがさらに大きくなった。

「本気で私に隠しておけるとは思わなかったでしょう？」アストリッドが爪を赤くぬった指をグレイソンに突きつけ、ハイヒールを鳴らしながら二人のほうへ歩いてきた。「あなたがモンテカルロの会議から飛び出した瞬間、なにかあると思ったわ。あんなにうろたえた姿を見たのは、過去一度だけだもの」

グレイソンがあわてた表情になった。アストリッドが笑って頭を振り、イジーに視線を向けた。

「ここであなたに会えてどんなにうれしいか。ずっと電話して謝りたかった。あなたを手放すべきじゃなかったわ。あなたが私を恨んでいるのはわかってるけど……償いをさせてくれないかしら」

「あなたを恨んではいないわ。あのとき、いちばんいいと思ったことをしただけだもの」

「それでももう一度謝らせて。これは興奮を抑えきれないぶんよ」

アストリッドが興奮している？

グレイソンを迂回《うかい》して近づいてきたかつての雇い主から、過去にイヴからしかされたことのない熱烈な抱擁をされても、イジーは表情を変えまいとした。

　長い抱擁のあと、ようやく身を引いたアストリッドの目には涙が浮かんでいる気がした。

「覚悟しておいて。ルカも私と同じだと思うから」

「ルカもシンガポールにいるの？」イジーはどうにか声を出した。あと一歩でも動いたらパニックになりそうだった。あまりにも多くのことが次から次へと起こって受けとめきれない。一方、グレイソンは穏やかな笑みを浮かべ、広報責任者からの抱擁を受けた。

　アストリッドに雇われたばかりのころ、イジーは彼女とグレイソンの仲のよさを不思議に思ったけれど、すぐに二人の関係が家族に近いのに気づいた。自分が若くしてシングルマザーとなり、家から追い出されたとき、グレイソンは気づかってくれたのだとアストリッドは話してくれた。なのにイジーは世間と同じく、グレイソンを冷酷非情な男性だと思っていた。

「絶対に見逃せないテレビ番組があるからって、ホテルに戻ったわ」アストリッドが言った。「会いたいなら会ってちょうだい。強制はしないわ」

　ほぼ一年間世話をした、もうすぐ六歳になる少年を思い出し、イジーは喉の塊をのみこんだ。ナニーとしていつも幼い子供とは距離を保つことを大事にしていたけれど、家族の一員になりかけるとその境界線を守るのはむずかしかった。アストリッドとルカは最初から、イジーを単なるナニー以上の存在として見てくれた。しかし結局は傷つけられ、彼らの人生における自分の現実を思い知らされた。

「ルカに会いたいわ」イジーの声は震えていた。

「すごく会いたかった」

　アストリッドが唇を真一文字にした。人前で泣くのをよしとする女性ではないのだ。それでも、目をそらした彼女の唇はわずかにわなないていた。この瞬間、感傷的になっているのは自分だけではない、とイジーは気づいた。私がアストリッドとルカに会いたかったのと同じくらい、アストリッドも私に会いたかったに違いない。

「じゃあ、挨拶がすんだところで……」アストリッドがほほえみかけた。「あなたたちのロマンスをマスコミに発表する計画を話し合いましょうか！」

アストリッドの計画が自分の再三にわたる突飛な行動に対する罰であると、グレイソンは予測しておくべきだった。彼女は二人を、富裕層が暮らすセントーサ・コーヴ地区にある彼の現代的な邸宅に連れていき、三十分で最初のイベントへ出かける支度をするよう言い渡した。

グレイソンはイザベルとシンガポールにいる間の生活や、契約書にある次の妊娠可能期間までセックスを控えてほしいという彼女のとんでもない願いについて話し合うつもりでいた。しかし邸宅の客用寝室で疲れきったイザベルの顔を見ると、ベッドで休ませてやりたい気持ちがわきあがった。

ここシンガポールではまだ早朝だが、ダブリンでは真夜中だ。しかも、彼女が機内で眠れたとは思えない。

もちろん、イザベルはベッドで休もうとはしなかった。二人が最初に向かったのは非公式な記者会見で、そこでグレイソンは来年、エリートEで自分のチームを立ちあげると正式発表する予定だった。

記者からの質問は引退後の生活や、最近撮られた謎の女性との写真にも及んだ。

イザベルは記者からの視線を避けるため、部屋の奥の隅でアストリッドの横に座っていた。

アストリッドと打ち合わせした内容を話すはずだ

ったのに、グレイソンは突然、以前の情け容赦ない男の演技をしたくなり、個人的な質問をはねつけた。アストリッドが眉をひそめて小さく首を振ったのは、まずい展開だと警告するためだろう。彼は計画どおりに進めようとしたが、不思議なことに、演技をする自分をとめられなかった。

記者会見が終わり、脇のドアから控え室に案内されるころ、額にはうっすらと汗がにじんでいた。動《どう》悸《き》がおさまらず、グレイソンは近くにあった氷水のグラスに手を伸ばし、感情の乱れをなんとかしようとそれを飲みほした。

「いったいあれはなんだったの？」部屋に飛びこんできたアストリッドの顔には衝撃といらだちが浮かんでいた。その後ろにいるイザベルは同情しているようだ。グレイソンは、どちらの女性のほうが問題なのか見当もつかなかった。

記者会見のあとはいつもそうだが、ただ放っておいてほしかった。自分のキャリアのこの部分がいつも嫌いだった。押しつけがましい要求をしては、メディアはこちらのほんのわずかなほころびでも見つけようとする。世間に大々的に報道するために。

「少し二人きりにしてくれる？」

そう言ったのはイザベルだった。すると驚いたことに、アストリッドはうなずいて部屋を出ていった。もちろん、次の取材に向かう車が十分後に出る、と伝えることは忘れなかった。

グレイソンはポケットに手を突っこんで部屋を歩きまわった。イザベルはしばらくの間、彼のそんなようすをただ見ていた。それから咳《せき》ばらいをしてグレイソンの注意を引きつけると、隣に座るよう手ぶりで示した。

「あれは騎士道精神を間違った方法で発揮しただけなのかしら？　それとも、なにか私が知るべきことがあるの？」

「君も経験があるだろう。ジュリアンと一緒にいたとき、君に関する記事がいくつも書かれていたのを知っているはずだ。僕が二度とそんなことはさせないが」

「ここに来ると決めたのは私だわ」

「もちろんだ。わかっているよ」

「私がシンガポールに来たのは、私たちがつき合っていると世間に思わせるためなの。そうすれば妊娠が報道されても、大きなスキャンダルにはならないから。メディアはいつでも自分たちが手に入れられないものを欲しがるわ。彼らがなにか秘密があるとすでに勘づいているなら、私たち自身で物語を提供したほうが、スクープを求める彼らに追いまわされるよりもいいと思わない？」

グレイソンはかぶりを振った。イザベルの話を受け入れることはできなかった。彼女がすべての事情を知らないうちは無理だ。

「エリート・ワンのレースに参戦した最初の年、メディアは僕の父に借金があることをつかみ、世間をあざむいていたと騒いだ。だが、その原因は僕にあった。当時の広報責任者は、両親が労働者階級出身だということを利用すれば有利に働く、と僕にアドバイスしてくれたんだ。そこで僕はインタビューを受けるたび、子供のころに両親がいかに節約して息子のカートにかかる費用を捻出してくれたかを饒《じょう》舌《ぜつ》に語った。まさか借金をしていて、それを返済するためにピーター・リャンから金を受け取っていたとは知らなかった」

グレイソンは頭を振り、甘かった昔の自分をあらためて恨めしく思った。

「父の借金を清算したピーター・リャンは、僕が彼のためにレースに出ていると言い出した。シンガポールでレーシングチームを立ちあげようとしていたからね。彼はチームからチャンピオンを出したかったが、息子のジュリアンではできないと気づいていた。それで僕を欲しがったんだ。僕は長い間、すべてが最初から仕組まれていたのを知らなかった。子供のころにジュリアンとはレースをしたことがあって、彼の父親もよく知っていた。冷酷な人物なのもね。ピーター・リャンは僕を気に入ってくれていたが、チームに誘われても僕は断った。ピーターの策略には巻きこまれたくなかったんだ」

「あなたがレーシングカーの技術的な部分にかかわっていたり、ビジネスにも興味があったりすることを決して語らなかったのも、メディアに騒がれたくなかったせいだったのね？」

「そうだ。僕がなにも話さなければ、連中はなにも得られないと学んだんだよ」

「でもそうやって自分を隠しつづけて、誰も信用せず、身を粉にして働くのは簡単じゃなかったでしょう？」

「経験があるような言い方だな？」

イザベルが首をかしげ、唇に小さな笑みを浮かべた。「あなたって人は鋭すぎるわ」

「ほかの人がどうして気づかないのか理解できないよ」

勢いよく息を吸い、イザベルが弱々しく笑おうとした。その目には不安が揺れている。グレイソンは真実を語って彼女を不安にさせたくなかった。しかしイザベルと話していると、自制心を働かせるのがどんどんむずかしくなった。

「そろそろ行かないと、アストリッドに警察を呼ばれそうだ」

「少しは役に立ったかしら？　私は今回の旅を無駄にしたくない。私がここにいるせいで、あなたが窮屈な思いをしている気がするの。私のせいでなにかを変えるのはやめてね」

グレイソンは立ちあがり、イザベルをソファから立たせようと手を伸ばした。「イザベル・オサリヴァン、君のせいで窮屈な思いなどしていない。君は僕の偽りの恋人だ。だから立場にふさわしく、このシンガポールの街を大っぴらに案内してあげようじゃないか」

仰々しい口調に彼女が声をあげて笑った。午後の記者会見ではアドバイスされたとおり、グレイソンは傍若無人にふるまわないよう努力した。

正直でいることは考えていたほどむずかしくなかった。メディアに好き勝手なまねは許さなかったが、自分を偽るのはやめた。

〈ヴァーダント・レース・テック〉が開発している新技術についてグレイソンが話すのを、イザベルは笑顔で見守ってくれた。記者が謎の女性について質問したとき、彼はアストリッドとともに後ろの席に座っていた彼女を手ぶりで示した。

しかしアストリッドが告げた、有名なナイトクラブの屋上で開かれるパーティへイザベルを連れていくのは断った。

赤く充血した目を見れば、イザベルがどれほど疲労を隠そうとしているかは一目瞭然だった。過去二十年にわたって過密スケジュールをこなし、時差に関係なく集中力を保ってきた経験があったため、グレイソンは疲れを感じていなかった。しかし、イザベルにはそういう経験がない。だからアストリッドがイザベルも着飾って一緒にパーティに出ればいいと提案しても、彼はかたくなに拒んだ。

グレイソンは自らイザベルをシンガポールの自宅まで送り届けた。おやすみと言った彼女の声は疲れていたものの、みぞおちに生まれたかすかな不安は無視した。

11

イジーは床から天井まである窓から差しこむ夜明けの光で目を覚ました。少なくとも彼女はそう思っていた。しかし携帯電話を見ると、時刻はほぼ真昼だった。

ベッドから飛び起き、急いで廊下に出てグレイソンをさがしたけれど、邸宅は静まり返っていた。彼からは、この街にいるときは一人の時間を大事にするため、使用人は雇っていないと言われていた。

携帯電話にはグレイソンからのメールが届いていた。

〈レースのために早く出かけなければならなかった。食料はキッチンにたっぷりある。X〉

画面に小さく表示されたXの文字をイジーは長い間見たあと、間違いではないかと思った。彼はいつでもメールの終わりにこの文字をつけるのでは？　でも、これまでのメールにキスを意味する文字はなかった。いいえ、これはキスを意味するわけじゃないのかもしれない。だって、どうして私に？

自分の裸足《はだし》に目をやったイジーは、無意識のうちに開放的な居間を歩きまわりながら、悩み多き思春期の少女のように携帯電話を見つめていたことに気づいた。深呼吸をして、遅くまで寝ていたことを謝り、グレイソンに感謝し、幸運を祈ると返信をした。けれど〝X〟はつけなかった。それから携帯電話をしまい、食べ物をさがしに行った。

今日は泳ぎに行こうか？　それとも一日じゅう読書をする？　起きている間ずっと、グレイソンと過ごさなければならないという決まりはない。

グレイソンが昨夜なにをしていたのか知りたくて、

イジーは彼のＳＮＳに目を通した。

どうやらグレイソンは予定どおり昨夜のパーティに出席し、そのあとの私が知らない有名なＤＪのライブにも参加したようだ。

イジーはグレイソンの名前がタグづけされた画像をクリックした。次から次へと現れた画像には、ビキニ姿の美女に囲まれた彼が写っていた。

彼女は画像を拡大し、独占欲が波となって体じゅうを駆けめぐるのを感じて凍りついた。アプリを閉じ、携帯電話をカウンターに伏せて置く。

これがグレイソンの人生なのだと、自分に言い聞かせた。パーティでダンスをするのは悪いことじゃない。契約中は誰ともつき合わないと彼は約束してくれ、イジーはその言葉を信じていた。しかし、弱くもろかったころの古い感情がよみがえっていた。亡き夫ジュリアンの言葉を信じ、最悪の形で間違っていたとわかったときのことが。


グレイソンのシンガポールの邸宅は、現代的な芸術作品でもあった。美しいプールが建物を囲み、プールは高い木々に囲まれている。ルカの養育係《ナニー》をしていたころ、イジーはここで開かれたバーベキューパーティに参加したことがあった。そのときも今と同じくらい、この邸宅に驚いた。木とガラスで造られた建築の傑作に目をみはらずにいられなかった。庭が丁寧に造園されているのは、多くの着飾った客のために完璧なもてなしの空間を提供するのが目的だろう。

頭をよぎったある考えを、イジーはすぐさま打ち消した。グレイソンが何人の女性をここへ連れてきたかなんて、私には関係ない。私が妊娠して一緒にいる必要がなくなればそうなる。そのことをもっと理解したほうがいい。グレイソンに独占欲を覚えるなんて、どちらにとっても害になるだけだ。

イジーは考えるのをやめて、出版社からのメールに返信し、イヴにこれまでの旅の報告をした。アイルランドはまだ夜なので、電話するのはやめた。彼女はまだ、美しい妻が産んだ赤ん坊の世話で大忙しのはずだ。イジーはそのことを心から喜んでいた。友人も過去に失恋を経験していたからだ。そしてそんなイヴに、自分とグレイソンがどうなっているのか話を聞いてもらいたかった。

　これまでなにも言わずにいたのは、イヴがイジーをよく知っているためだった。イジーが初めてボーイフレンドにキスをし、ばかみたいに道の真ん中で彼への永遠の愛を宣言するのを、イヴは見ていた。短い結婚生活が茶番劇だとわかってイジーが最悪の気分になったときも、イヴは寄り添ってくれた。

　昔の私なら、グレイソンのような男性への真実の愛を愚かにも想像したかもしれない。でも今の私は、決して花の咲かない土壌にロマンスの種をまくよりも、もっといいことを知っている。グレイソンと体を重ねる行為をひたすら楽しみ、二人の情熱がもたらす新しい命を待ちこがれればいいのだ。

　妊娠してベッドをともにすることがなくなってから、イヴには打ち明けよう。でも、その日まで自分を見失わないようにしないと。

　テスト走行を終えて帰ってきたグレイソンは、すでにアストリッドとルカと昼食をとる約束の時間に遅れていた。急いでシャワーを浴び、黄土色のポロシャツにアイボリーのズボンに着替えた彼に、イジーは見とれまいとした。

　グレイソンは新しいレーシングマシンの走行結果について話していた。けれど〝ダウンフォース〟や〝ボルテックス〟といった専門用語を聞くうち、彼女の目はうつろになっていった。

　自分の仕事について尋ねられ、イジーは答えたものの、グレイソンの目がまったくうつろになっていないのに気づいた。実際、彼は細かなところまでよく覚えていた。たとえば彼女には大手の出版社から頼まれたいと強く願っている仕事があり、企画を練っていることなどだ。それなら私もモータースポーツについて、もう少し勉強しなくてはいけない。

　しかしほとんどの場合、二人の会話はぎくしゃくしていた。これまではなかった、恋人らしい空気を無理に作り出そうとしているせいだろうか？　アストリッドが宿泊しているホテルのペントハウスへ向かうエレベーターに乗っている間も、空気は重苦しかった。

「広報責任者をこんなところに滞在させるなんて、ファルコ・ルーはお金持ちなのね」イジーは言った。エレベーターが到着した先には、開放的なスイートルームとテラスとプールがあった。

「トリスタン・ファルコは金をばらまくのが好きなんだ」グレイソンが口を開いた。

「見たことがあるみたいな言い方ね」イジーは眉を片方上げた。すると、グレイソンが視線をそらした。

「まあね」彼が笑った。「引退を撤回してチームと二年契約をするなら、とんでもない金額を払うという申し出を彼にされたよ」

　イジーはふと思った。グレイソンはこれから先も引退したままと思っていたけれど、違うのかしら？

「それって……ちょっとやりすぎって感じね」

「トリスタン・ファルコを言い表す、ぴったりの言葉だな」

「あなたは誘惑に負けたの？」彼女は平静を装って尋ねた。

　彼がまた視線をそらし、答えはイエスだという表情を一瞬だけ浮かべた。この人はモータースポーツ界に戻りたいと思ったことがあるのだ。

　二人の会話はせわしない足音と喜びの声で中断された。プールにいたルカが二人を見つけ、すべりどめのついたテラスのタイルに水をしたたらせて走ってきたからだ。

　自分の脚にぶつかってきた少年を受けとめたグレイソンは、服が濡《ぬ》れても気にしなかった。ルカがにっこりしたあと、イジーを見て顔をしかめた。「私とここで会えてびっくりした？」彼女は少年と少し距離を置き、やさしく言った。突然現れた元ナニーに気おくれしてほしくなかった。

　ルカがグレイソンから離れ、イジーの胸にしがみついた。彼女は少年のやわらかく弾力のある髪に顔をうずめ、懐かしい子供用シャンプーの香りを吸いこんだ。

　胸がいっぱいになって頬に涙がこぼれた瞬間、グレイソンと目が合った。彼が手を伸ばし、イジーの涙をぬぐう。そのまなざしは真剣で、彼女の心はとろけそうになった。

　アストリッドはジーンズにTシャツというカジュアルな服装だった。「ルカ・ルイス……あんなふうに人に向かっていくのはやめなさいって言ったでしょう？　あなたはロケットじゃないのよ」

　少年がグレイソンの手を引っぱり、今出てきたばかりのプールのほうへ促した。グレイソンはにっこりし、服を脱ぐと、一目散に走り出した。

　アストリッドが大きくため息をついた。「ああなったらもうどうしようもないわ」

「あなたが言ってるのはどっちのことかしら？」

　二人で笑うと、アストリッドはイジーを現代的な居間へ案内した。テーブル一面には軽食が並べられていた。

「あの子が小さいころは大変だったでしょう？　私もルカが四歳と五歳のときは大変だった」

「ええ、想像できるわ」イジーはほほえんだ。「二歳や三歳だけが大変なわけじゃないのよね」

「三歳のときは字が読めなかったけど、今はあの子の機嫌を損ねると文句の手紙がくるのよ」

「もう読み書きができるの？」

　アストリッドがプールに目をやり、いつもは感情を抑えた顔に真剣な表情を浮かべた。「読み書きはできるけど、まだあまりしゃべらないの。先生はもう一回テストを受けさせたいって言ってるわ」

　イジーは男の子がプールから出てきて、また飛びこもうとするのを見た。幼いころのルカはいつも元気いっぱいで、年齢以上に賢かったが、風変わりな行動をする子だった。そういう子は学校の教室でじっと座っているのがむずかしいものだ。

「あなたはどう思ってるの？」夜ルカが眠りにつくと、彼女は以前のように元雇い主の隣に座ってきいた。その前の会話で、二人はふたたび友好的な関係を築いていた。

「正直に言ったほうがいい？　途方にくれてるわ」

　アストリッドがため息をついた。「でも、あの子のためならなんでもするつもり」

「そうこなくちゃ」イジーはほほえんだ。「ルカはとてもいい子だわ。それに成長するために必要なことはなんでもしてくれるすばらしいママがいて、とても幸運ね」

「あなたはいつもうれしい言葉をくれる。それでグレイソンとの関係だけど……彼とは真剣ってことでいいのかしら？」

　イジーの胸に罪悪感が渦巻いた。グレイソンのもっとも親しい友人に秘密を作るのは正しいと思えなかった。

　気づくと口が動いていて、真実を話していた。グレイソンと子供をつくり、父親と母親として共同で子育てをすること、今回恋人同士だと世間に発表するのは、生まれてきた赤ん坊をメディアから守るためなのだと。

　緊張した沈黙が続いたあと、アストリッドが小さく忍び笑いをもらした。「彼もそんな話はでまかせだと思ってるはずよ」ワインをあおり、プールのほうを見た。「グレイソンについて一つ教えてあげる。あの人は私が会った中で演技がいちばん下手なの」

イジーは背筋を伸ばした。「でも本当なのよ。私たちはつき合っているふりをするためにここに来た。契約の一部として」

「じゃあ、伝統的な方法での子作りに積極的なのに、あなたたちの間に火花は散っていないというの？」

アストリッドが眉を上げ、視線を合わせないイジーを見て大きくほほえんだ。「やっぱりね」

「たしかに相性はいいわ。でもそれだけよ」

「あなたたちの間には相性のよさ以上のものがあるわ。あなたが私のところで働きはじめたころも今も、彼があなたを見る目は同じだった。契約を更新せず、イラストの才能を伸ばすよう説得してくれと言われたとき、どうしてそれがあなたの望みだったのか確認しなかったのか自分が信じられない。彼はあなたにとって必要なことだと確信していたけどね。信じてほしいんだけど、彼があなたを口説きたいと言ったとき、私は激怒したのよ」

イジーはショックを受けた。「彼がそんなことを言ったの？」

アストリッドはうなずいた。「イジー、グレイソンはのぼせあがってたのよ。あなたがジュリアンとバリに行くと知った彼の顔を見ればわかったわ。ヨットに乗るあなたをとめようとしてたんだから」

ルカとグレイソンが部屋に入ってきて、イジーは真顔を保とうとした。みんなで座って食事をしている間は平静を装っていたけれど、心の中では感情の嵐が吹き荒れていた。

ジュリアンとバリへ出発したあの日、グレイソンは本当に私をとめようとしたの？　アストリッドが契約を更新しなかったのは、彼が私とつき合いたいたかったからだった？　あれはまったく理不尽な仕打ちだったけれど、グレイソンがくびにさせたのは、私が気に入らなかったからではなかった……。

私はほかに、彼についてどんな間違った思いこみをしているのかしら？

グレイソンに恋いこがれる恋人役を演じるのは、私にとって簡単すぎる。また一日地球上でもっとも魅力的で気配りのできる男性と過ごして、イジーはそう気づいた。

モータースポーツ界の伝説的レーシングドライバーたちによるレースが行われるその日、グレイソンとほかのドライバーたちはこの歴史的なイベントの目標や、彼らが支援する慈善団体を紹介した。グレイソンが紹介したブースト・アカデミーという慈善団体は、モータースポーツにおける不平等をなくすため、数年前に彼自身が立ちあげたものだった。

グレイソンはエリート・ワンにおける真の平等をはばむ多くの問題を熱く語った。ドライバー一人を育てるには費用がかかること、才能ある若者たちの多くが経済的な理由や差別で夢をあきらめざるをえないことを。

彼自身もレースに出るために大きな代償を払った。だからこそ見返りを求めず、ほかの人に成功のチャンスを与えているのだと思うと、イジーの目には涙が浮かんだ。この人は誰にもほめられなくても、長い間多くのことを成し遂げてきたのだ。

そのあと二人はブースト・アカデミーが主催する十代限定のレースを見学し、ランチをとった。若いドライバーたちと笑い合い、冗談を言い合うグレイソンに、イジーは目をやった。彼らはみな、畏敬の念と憧れをこめてグレイソンを見つめていた。

黄金の獅子《しし》という二つ名を持ち、サーキットの内外で不屈の闘志を燃やすグレイソンも、若者たちの前ではいたずら好きな猫のようだった。つねに勝つことにこだわる彼には、人前ではめったに見せないやさしい一面があった。しかし、イジーにはいつも見せてくれていた。

アストリッドから聞いたことをグレイソンに尋ねたくても、どう切り出せばいいのかわからなかった。〝ねえ、グレイソン、私がすべてを放り出してあなたの親友と駆け落ちする前、あなたは私を誘惑するつもりだったの〟とか？

たとえグレイソンが当時、私に興味を持っていたとしても、それはつかの間で消える好奇心にすぎなかったはずだ。グレイソンは恋愛なんかしないし、長く続く関係も望まない。

それでも一日じゅうグレイソンの魔法のように魅力的な視線にさらされるのを、イジーは早くも負担に思っていた。彼はしょっちゅうイジーに触れ、彼女に触れていないときは情熱的なまなざしを向けていた。

はたから見れば、グレイソンは恋人に夢中な男性に思えただろう。しかしイジーは知っていた。彼がテーブルの下で私の手を握り、ジョークを耳元でささやいたのは、彼がそうしたかったからじゃない。ただ、私と同じく役割を演じているだけだ。

ランチが終わり、ブースト・アカデミーの経営陣に手を振って別れを告げると、イジーは頭痛がすると言って邸宅へ帰ろうとした。

しかしグレイソンは彼女の心の動揺にはまったく気づかず、午後は観光をしようと提案した。

数歩後ろに控えたボディガードとともに、二人はサングラスをかけて湾のそばの歩道を歩いていった。この周辺にはスーパーツリーという人工樹で知られるガーデンズ・バイ・ザ・ベイという庭園があり、シンガポールでもっとも有名な名所の一つだ。だが午後の太陽の下で遠くから見ると、人工樹はインターネットで見た画像ほど美しいとは思わなかった。

「光のショーが本当に壮観なんだ。前に見たことがあるだろう？」グレイソンが言った。

「実は、私が見逃した数少ないものの一つなの。ルカはその時間、もう眠っていたから」イジーは湾の反対側の、人工樹のほうへ視線をやった。二人きりになれる時間が欲しかった。「このままショーまでいられないかしら？」

「すまない、〈ヴァーダント〉の人間とディナーの約束がある。そのあとは別の著名なスポンサーのイベントに行かなければ」彼が顔をしかめた。

　イジーはすぐに気持ちを切り替え、シンガポール湾を見守る有名なマーライオンの像に向かって歩きながら、像についての質問で話題を変えた。

　グレイソンはツアーガイドを務めつつ、建物や橋の細部について地元の人ならではの細かい話を披露した。イジーはグレイソンがここで育ったことを話してくれるのが大好きだった。子供時代に関する情報を一つ一つ集めていけば、今の彼を理解する役に立つかもしれない。

　イジーの足が痛くなり、おなかが鳴りはじめたとき、グレイソンはこの街でお気に入りの場所の一つである、ビジネス街の屋台村で食事をしようと言った。本格的な料理を出す店があるらしい。

　屋台の料理を食べて、グレイソンが目を閉じた。彼が低い声で言った言葉は、シンガポールに来てからイジーもよく耳にしていた。携帯電話の音声アプリで中国語の基礎を学んでいても、この言葉は発音できなかった。

「それはおいしいという意味？」彼女は尋ねた。

「〝シオク〟のことか？　そうだよ」グレイソンが手を伸ばし、すました顔でイジーの皿の餃子《ギョーザ》を取った。「だが、喜びを表したいときに口にする言葉でもある。レースに勝っても、すばらしいキスをしても使えるんだ」

テーブルの向こうからこちらを見つめるグレイソンの目は思わせぶりで、イジーは胸から上が赤くなるのを感じながらつぶやいた。「今日はあなたに街を案内してもらえて〝シオク〟だったわ」

「うれしいよ」彼がほほえみ、小さな白いテーブルの上に置かれたイジーの手に手を伸ばした。

周囲からは人の話し声が聞こえ、数メートル離れたところにボディガードが座っているのが気になったものの、アイルランドを離れて以来、イジーはいちばん親密な時間を過ごせた気がした。だが平穏はほんの一瞬で終わった。近くでフラッシュが光って二人が顔を上げると、少年たちが携帯電話やエリート・ワンのグッズを持って近づいてきた。

グレイソンが彼女に謝ると、有名レーシングドライバーの顔になり、ボディガードが車へ案内する前に快くサインや写真撮影に応じた。

帰る道中、グレイソンはもの憂げなようすだった。二人は邸宅で支度をすると、ディナーと夜のイベントに参加するためにふたたび出発した。彼はこの先の二日間、夜に予定があった。つまりアイルランドに帰る私のために、昼の予定を変更して観光に連れ出してくれたのだ。

でも二人の間に情熱の火花が散るような瞬間があると思っているのは私だけで、グレイソンはアイルランドでの一夜以来、ベッドをともにせずにすんでほっとしているのかもしれない。もしかしたら、彼はその一夜を後悔しはじめているのでは？

長い目で見れば二人のためになると考えて、イジーはシンガポールにいた。けれどグレイソンと過ごせば過ごすほど、状況はより複雑になっていた。

12

グレイソンは予約したホテルのスイートルームの低いソファでくつろぎながら、スタイリストの一団がイザベルに魔法をかけおわるのを待っていた。彼女に魔法は必要ないのに。正直なところ、ジーンズに黒いブーツ姿の彼女が腕をからめ、僕にほほえみかけてくれるだけで満足だ。

アイルランドを出発してからの数日間、イザベルはいつもとようすが違っていた。たしかにグレイソンのスケジュールは過密で、彼女を居心地よくさせてはいなかった。だが人前で過ごすときはできるだけイザベルに触れ、理想の恋人を演じていた。メディアは二人のおとぎばなしを思わせるロマンスをもてはやした。アストリッドがそうなるようグレイソンに指示したためだ。伝説的なレーシングドライバーたちによるレースは、三日連続でSNSを騒がせた。過去二十年間、欠点を隠し、世間に本当の姿をほとんど見せなかった彼が、人間的な一面を見せたことがずいぶんと関心を集めたらしい。〈ヴァーダント・レース・テック〉が開発中の車やグレイソンに対する取材も殺到し、大手テレビ局からはドキュメンタリー番組の企画が持ちこまれさえした。傍若無人という仮面を取ったグレイソンに、モータースポーツ界も大きく注目しているようだった。イザベルに感謝だ。

しかし本当の自分を世間に見せることが、僕が誰よりも関心を持っている女性に対して演技を続ける結果になるのは皮肉な話だ。

この数日間、愛情深く気配り上手なイザベルの恋人を演じることは、とてつもない拷問だった。スポンサーが主催するさまざまなイベントに参加したり、観光客にまじって街を見てまわったりしているとき、彼女に夢中だと見せかけるのは朝飯前だった。しかし二人きりのときのイザベルは冷静で、ときには少しよそよそしくさえあった。

　グレイソンはイザベルを誘惑してベッドをともにしようと考えていたが、彼が多忙だったうえ、彼女も二人の間に距離を置いていた。今夜、マリーナベイ・ホテルで開催される舞踏会が終われば、あとは明日の夜に開催されるレースのみになる。

　グレイソンは今日一日を練習に費やし、レースのスタート位置を決める予選に参加した。レーシングマシンのコックピットにおさまるのも、レーシングスーツとグローブをまるで第二の皮膚のように感じながらハンドルを握るのもとても自然に感じた。しかし予選でポールポジションを獲得し、ファルコ・ルーのクルーたちに囲まれたあとも、彼が考えていたのはイザベルのことだった。

　初めて会ったときと同じく、グレイソンは寝ても覚めてもイザベルの顔が頭を離れなかった。つねに理性と自制心を重んじていても、イザベルの魅力にあらがうのはとてつもなく大変だった。

　問題は、イザベルと過ごす時間が増えれば増えるほど、渇望が増す一方だという事実だった。彼女を自分のものにしたいと願うのは危険なのに。

　キャスターつきの衣装ケースや服をかけたラックの音をにぎやかに響かせて、スタイリストの一団があわただしく去っていった。グレイソンが振り返ると、イザベルが部屋の中央に立っていた。

　濃い青緑色のつややかな生地が砂時計のような体をぴったりと包み、深い襟ぐりは豊かな胸を強調している。しかし彼がいちばん気に入ったのは、ドレスのスカート部分の片側に入っている深いスリットだった。

グレイソンは長い間口がきけず、ただイザベルを見つめていた。高鳴る心臓がタキシードを突き破りそうだった。

「それっていい沈黙なのかしら？」彼女が尋ね、ゆっくりと一回転した。ドレスの背中はヒップぎりぎりまで大きく開いている。

「息をのむほどすばらしくて、言葉が出てこなかったよ」急に舌がもつれそうになったものの、彼は緊張を抑えつけて言った。

イザベルはまばゆいほど美しかったが、グレイソンが言葉を失ったのはそのほほえみにだった。初めて会った日に見た笑顔と同じだったのだ。

セクシーで個性的なドレスはイザベルによく似合っていた。髪はポニーテールにしてあった。「あなたも今夜は特別すてきよ」彼女がグレイソンとともに扉が鏡張りになった専用エレベーターへ歩き出した。「今、私がなにをお願いしたいかわかる？」そして思わせぶりな笑みを浮かべた。

頼む、ベッドに関係することであってくれ。

彼はからからになった口で尋ねた。「なにかな？」

「二人で自撮りしましょうよ！」イザベルが携帯電話を鏡張りの扉に向け、角度をいろいろ変えていかにも恋人らしい姿を撮影しようとした。

「厳密に言うと、自撮りってのはカメラを自分たちに向けて撮るものじゃ――」

彼女が美しくマニキュアが施された指先をグレイソンの唇に押しあてた。「うるさいことはなし。私の指示どおりにして、百万ドルの笑顔を見せて」

グレイソンは素直に鏡に向き直り、並んだ自分たちに目を奪われないようにした。彼のミッドナイトブルーのタキシードジャケットは、イザベルのドレスと互いを引きたてている。お似合いの二人だ。まるで運命の恋人同士に見える。

イジーが興奮ぎみにメールを打ちながら〝アスト

リッドが喜ぶわ〟とつぶやいている間、グレイソンは下腹部のこわばりを無視して豪華な金色の内装のエレベーターへ足を踏み入れた。

　彼はもう一度イザベルに触れたかったし、彼女にも触れられたかった。しかし公の場に出た際に何度かこっそり手を伸ばしたことを除けば、なにもしていなかった。契約に従うなら、イザベルが僕のベッドに横たわる日はそう遠くないだろう。しかし、それだけではじゅうぶんではない。これから先、じゅうぶんだと思う日などこない気がする。

　もう一度イザベルの小さなコテージで眠る彼女を腕に抱き、窓の外の雨音を聞きたい。あの夜も今夜と同じくらい、僕の胸には感情の嵐が吹き荒れていた。イザベルがカップルのふりはしてもベッドをともにするのはやめようと提案したとき、僕が反対しなかったのは彼女には子供のためでなく、自分のために僕を望んでもらいたかったからだった。

　いずれイザベルが妊娠し、共同で育児をする段階になったら二人はどうなるのだろう？　グレイソンはますます思い悩むようになっていた。

　イザベルの友人という立場に戻ると考えただけでも、腹の中に怒りと喪失感がこみあげた。自分が彼女にふさわしい男でないのはわかっている。しかしもし近い将来、僕とは違う考えを持つ別の男が現れたらどうすればいい？

　イザベルは二度とデートはしないし、子供ができたらセックスをしない気でいるが、人生は予測不可能なものだ。友人に戻ったら、僕は別の男が彼女をさらうのを指をくわえて見ているしかなくなる。

　まったく受け入れがたい事態だ。

　僕がイザベルを手に入れられないのなら、誰にも手に入れることはできないと考えてやり過ごすのも無理だ。僕は自分勝手だから、彼女を独り占めしたくてたまらない。

　そんな危険な想像を察知したのか、イザベルが一歩後ろに下がってさらに距離を置いたので、グレイソンは目を細くした。衝動的に手を伸ばし、緊急停止ボタンを押す。エレベーターが振動しながらも静かに停止したあと、頭上に小さな赤いライトが点滅した。

「なにをしてるの？」彼女が顔をしかめ、グレイソンの手をボタンからどけようとした。

「どうしようもなかったんだ」

「遅刻しそうなのよ」イザベルが言った。

　彼がイザベルの頭を挟むように両腕をエレベーターの壁につくと、彼女が目を見開いた。

「観客は僕たちの虜《とりこ》なんだから待たせておけばいい」グレイソンはうなった。「だが僕は待てない」

　口をかすかに開け、下を向いたイザベルの喉の脈ははっきりと速まっていた。二人の距離がとても近いのにやっと気づいたかのようだ。

　グレイソンはイザベルの反応を分析し、彼女から聞いていた話と照らし合わせて一つの結論にたどり着いた。イザベルは僕に関心がないふりをしているわけでも、僕を恐れているわけでもなく、興奮しているのだ。ここに観客はいない。次の言葉を口にするにはうってつけの状況だった。

「また僕から逃げるのかい、イザベル？」やさしく言い、手で彼女の顎を包みこんだ。

　大きく息を吸ったものの、イザベルは目をそらさなかった。よかった。そんなことをされたら耐えられない。「私はここにいるでしょう」彼女が息をついた。

「そうだ……そして僕たちは話をしている」グレイソンは欲望のままに飛びかからないように自分を抑えつけた。聞きたかった言葉をイザベルが口にするまではだめだ。「正直に答えてくれ、イザベル……君は僕に触れられるのが恋しくなかったのか？」

彼女が顔をしかめて遠い目になった。「私たちが体を重ねるのはもう少しあとでしょう。それまでは普通に過ごすことにしたと思ったけど」

「君はね。だがその点に関して、僕は自分の立場を明確にしたつもりだ。もし僕の望みがかなっていたら……君は僕のベッドから出られなかった」

「それは本心じゃないでしょう。半裸の美女が何人もあなたに身を投げ出していたのに」

「ああ……あのパーティの写真を見たんだな」

グレイソンはばかげたイベントの一瞬一瞬がいやでたまらなかった。だがレースのスポンサー契約の一環として、メディアやさまざまなSNSのインフルエンサーのためにダンサーと一緒にポーズを取ることを余儀なくされたのだった。

「私、よく考えていなかったわ、あなたの人生を」イザベルが口を開いた。「私のせいであなたには窮屈な思いをさせている気がするの」

「僕たちは互いに誰ともつき合わないことにしたし、約束は守る。そうするのは契約したからじゃない。君が欲しいとしか考えられないのに、勝手に服を脱いだ見知らぬ女性に興味を持てるわけがないじゃないか。今日の練習では君とセックスする期間を三日ではなく、一週間にしてもらうためにはどうしたらいいか知恵を絞っていた。なんなら二週間でもかまわない」

「そういうことなら、あなたのベッドに住んでもいいかもしれないわね」

「いい考えだ」グレイソンは、イザベルの頬がピンクに染まるのを見るのが大好きだった。

契約を交わしてから、彼は赤面するイザベルを切望していたが、じゅうぶん目にしたとは思っていなかった。その姿を見たくてたまらなかった。

「グレイソン、いったいなにを言ってるの？」イザベルが小さな声でささやいた。

「僕は〝いい考えだ〟と言ったんだ。君には僕のベッドに住んでほしい。演技はたくさんだよ、イザベル。君の一部で満足するのはやめにする。僕は君が欲しい。すべてを求めているんだ」

小さなOの形を作ったイザベルの唇はとても魅力的で、グレイソンは彼女の唇を奪った。

「すまない、我慢できなかった。今すぐ答えなくていいよ。君が悩んでいるのは理解して――」

その言葉の続きはイザベルの美しい赤い唇にはばまれた。彼女は甘いプラムと香辛料のような味がした。イザベルはグレイソンの髪に両手を差し入れ、やわらかな体で彼をエレベーターの壁に押しつけ、動けないようにした。

「これはなんだい？」グレイソンは唇を重ねたままつぶやいた。

「これが私の答え」イザベルは性急に言い、キスを深めた。エレベーター内には二人の切羽つまった息づかいしか聞こえなかった。

低い電子音が響きわたっても、グレイソンはそれが緊急通報用のパネルからだと気づくのに時間がかかった。イザベルの唇に指をあててボタンを押すと、応対したコンシェルジュとやりとりする。

「ここにあと十分二人きりでいるために、本気でそんな大金を払うつもりなの？」彼女がうわずった声でささやいた。

「できれば二時間のほうがよかったが」

グレイソンがイザベルの腰をつかんで互いの位置を入れ替えても、彼女はなすがままだった。十分しか時間がないなら、話し合いで一秒たりとも無駄にするつもりはない。彼はイザベルと目を合わせることなく、ゆっくりと膝をついた。

イジーはグレイソンの力強い手が両腿をつかみ、ドレスのスリットを大きく広げた瞬間、理性が遠のくのを感じた。二人を隔てるのは薄くて小さなレースのショーツのみだ。彼女はエレベーターの壁に頭をもたせかけると、補正下着を必要としないドレスを選んでくれたスタイリストに心の中で感謝した。もし彼が自分を裸にするために補正下着と格闘すると思うと、真顔でいられる気がしなかった。

　グレイソンは軽く手を動かしただけでショーツをポケットにおさめ、唇でイジーの腿の間を貪欲にさぐった。片方の手がキスをした場所を愛撫《あいぶ》し、もう一方の手が彼女の手を握るさまは粗野であると同時に心からのやさしさを感じさせた。

　あまりに無防備な姿に、イジーはいろいろな意味でグレイソンにすべてをさらけ出している錯覚に陥った。しかしやめてと言おうとしたとき、グレイソンが片方の腿を彼の力強い肩にのせるよう促した。その体勢はありえないほどエロティックで、イジーはこれまでしがみついていた小さな自制心のかけらすら見失った。グレイソンの舌が触れるたびに彼女は体をこわばらせ、彼だけが与えられる快楽に酔いしれた。

　ここで主導権を握っているのは自分ではなくても、気にならなかった。その事実はなにかの啓示に思えた。

　グレイソンを信じていれば、私はこのささやかなひとときを安全に過ごせる……。イジーはグレイソンの髪やうなじといった、手の届くあらゆる場所にしがみついた。彼の揺るぎない強さに身を任せていると、これまで経験したことのない強烈な喜びが波となって押しよせた。

　脚が震え出したイジーをグレイソンはすぐそばで支え、我に返った彼女を見て唇に罪深い笑みを浮かべた。

　膝をついたまま、グレイソンはしばらくの間ただイジーを抱きしめていた。両手で彼女のヒップを撫《な》で、やわらかな胸に顔を押しあてる。それから立ちあがって、危険な独占欲を漂わせつつイジーを見た。

　イジーは心の奥底で、この男性の虜になっていく自分をとめられないのに気づいた。もしかしたら出会ったときからそうなっていたのに、自分をごまかしていたのかもしれない。私はグレイソンが思う以上に彼を求めている。グレイソンも私を切望していると言ったけれど、私の中を駆けめぐる彼への深い思いまでは知らないに違いない。

「あなたを私の中で感じたいの」イジーはささやいて彼を引きよせた。

　グレイソンが首を振り、彼女の髪を撫でた。「今はだめだ」

　だめ？　イジーは顔をしかめた。しかし現実には、二人はまだエレベーターの中にいた。おそらく十分という時間が終わりに近づいていて、人に見つかりそうなのだろう。グレイソンが保証してくれたとはいえ、この瞬間まで二人きりでいられたことがイジーは信じられなかった。

「イザベル、僕を見るんだ」グレイソンが命じ、彼女の視線が自分と合うまで待った。「さっき言ったことが本心じゃないとは決して思わないでくれ。全部本心なんだから。もう一度一つになるとき、二人の間に不安はない。わかったかい？」

「ええ、わ……わかったわ」

　イジーの心は激しく揺れ動き、グレイソンがもたらした快楽の余韻から抜け出せずにいた。すべてがあっという間だったけれど、彼女は幸せを感じていた。少し恐ろしかったものの、あの十分間で本当に重大ななにかが起こった気がしていた。

　グレイソンはうっとりするほど細部に気を配りながら、やさしくドレスの裾を整えてくれた。この人はいつでもそうだ、と彼女は気づいた。私が見落としがちなささいなことでも、出会った日から決して見落とさなかった。人生の大半をただ生き延びることに費やしてきたせいで、私はささやかな快適さなど気にしていられなかった。

グレイソンがもう一度非常ボタンを押すと、エレベーターはふたたび動き出した。

あっという間に二人はホテルのロビーに到着し、扉が開いたあと、おおぜいの招待客と出席を許された数少ないメディアの前に進み出た。

グレイソンがイジーの手を引いて、見慣れた顔がそろう小さなグループへ案内した。ニーナ・ルーが華やかな赤いドレス姿で、アストリッドと熱心に話しこんでいる。アストリッドはゴールドのスパンコールをあしらったシルクのドレスを着ていた。

「ちょっと席をはずすが、すぐ戻るよ」グレイソンがそう言って、イジーの手首の内側にキスをした。「用事があるんだ」そして、二人が乗ってきたエレベーターに戻った。

イジーは口を開いた。「グレイソン、いったいどこへ――」けれど、彼女の言葉は人々の話し声にのみこまれた。エレベーターの扉が閉まり、彼の姿が視界から消えた。

「あの恋に夢中なおばかさんはなにをたくらんでいるのかしらね？」アストリッドがイジーの隣でそっとつぶやいた。

イジーは緊張するまいとしたものの、数分が過ぎてもグレイソンは戻ってこなかった。そのあと、人々は屋上にある広大なイベント用の空間に案内された。野の花が一面に敷きつめられたそこは、まるで魔法の森のようだった。足元のスピーカーから流れる音楽もどこか神秘的だ。

人々はそれぞれの目的のために散っていき、イジーは屋上の端に一人取り残された。自分がちっぽけで場違いな存在に思えても、あまり否定的に考えないようにした。

グレイソンは私に夢中なわけじゃない。でも、ちょっとは夢中かもしれないということはある？

イジーは彼をさがしてきいてみたくなった。

グラスの中身を飲みほすと、できる限り落ち着いた顔で人々の間を抜けていった。これは逃げ出しているわけじゃない。グレイソンのもとへ向かっているだけだ。

ロビーに戻ると、さっきまで人でごった返していた空間はがらんとしていて、洞窟のような寒々しさを感じさせた。しかし、誰もいないわけではなかった。かつて一度だけ会ったとき、イジーの心に消えない傷を残した男性がいた。

目の前にはピーター・リャン、亡きジュリアンの父親が立っていた。

13

「おまえは新しい標的を見つけたそうだな」老人がつぶやいた。

イジーは今しがた開けたドアの取っ手に手をかけたまま、その場に立ちすくんだ。

シンガポールに来れば、いずれリャン一族と顔を合わせることはわかっていた。しかし、今夜だとも一人きりで立ち向かうとも思っていなかった。

言葉が喉につまり、反撃する力も凍りついたようだった。力をつけ、人生を立て直すと語っていたわりに、まだ人と争う術《すべ》は会得していなかった。しかし、このホテルに騒ぎを起こさずに逃げこめる場所はなかった。だから、失うものはなにもないと覚悟を決めた。

亡き夫の家族に再会したらなんと言おうかと、長い間考えていた。これはジュリアンの人生の終わりに関してかかえていた罪悪感をぬぐう、またとない機会なのかもしれない。

「シンガポールにいる間にあなたに会えたらと思っていました」イジーは嘘《うそ》をつき、足に力を入れた。「私がどれほど失望しているか、あなたに伝えられたらと」

「失望？」ピーター・リャンが笑った。「そう言えば私が動揺するとでも？」

「まさか。なにを言ってもあなたは動揺なんてしないでしょう、ミスター・リャン。子供を駒だと思っている人ですもの。ジュリアンは完璧ではなかったかもしれませんが、あなたが彼にした仕打ちはひどすぎました。グレイソンについては……」

老人がほほえみ、彼女の肩の向こうを見た。「そうだな、新しい恋人を私に紹介してくれ。今涙を流せば、ダイヤモンドが手に入るかもしれないぞ」

イジーが後ろを振り返ると、グレイソンがエレベーターから飛び出してきた。彼女が誰といるのかに気づくと、その顔に警戒が広がった。

グレイソンはイジーの前に来るなり、ピーター・リャンと母国語で口論を始めた。老人が唇を引き結んだ仕草から察するに、グレイソンが言ったのは愉快な内容ではなさそうだ。

グレイソンはすぐにイジーのほうへ向き直り、パーティの真っ最中である会場に連れていった。かぐわしい香りのする湿度の高い空気と音楽が、彼女の不快な気分を追い払ってくれた。

「大丈夫か？」怒りが冷めやらぬようすだったものの、グレイソンがやさしく尋ねた。

「私なら大丈夫。彼に話したかったし……自分の気持ちを」イジーは大きくため息をついた。「あなたこそ大丈夫？　かなりヒートアップしていたけど」

「まさか今夜、ピーターに会うとは思わなかったよ。自分のチームがつぶれて、エリート・ワンのレースから手を引かなければならなくなったから、出席するとは予想していなかった。僕たちはそのことを言い争っていたんだ」

「私は話題にならなかったの？」

「彼がどう思おうと僕は気にしないし、彼にもそう言った。だがもし今度君を動揺させたら、彼の所有するものを残らず奪ってやると伝えたんだ」

　イジーはその声の激しさにショックを受けまいとしたけれど、グレイソンが本気なのはわかった。私と彼が不つり合いだと言う者から守ってくれるのも。しかし心の奥底では、それが正しいのかどうか疑問に思っていた。もしかしたら私は金めあての女という決めつけに、ずっと立ち向かっていかなければならないのかもしれない。

　その不安は、グレイソンが主催者の一人として呼び出されたときも続いていた。だが彼は立ち去る前に、ダンスフロアの真ん中でイジーにキスをした。ステージの上のグレイソンにほほえみながら、彼女はもう否定できないと思った。私はあのすてきな男性を深く、くるおしいほど愛している。

　しかし安定を求めると決めたのに、イジーはまたしても断崖絶壁に立っている気分だった。いくら望んでもグレイソンが私を心から愛することはないし、私と本当の意味で家族になりたいとも考えていないだろう。それならグレイソンに近づくのは危険だ。彼の友人たちと親しくなるのも。

　なぜなら、彼らはいつまでもグレイソンの友人で、私の友人ではないから。

　今はアストリッドやルカと仲よくできていても、もし私がグレイソンにふさわしくないと二人が判断して見捨てたら？　そうなったら罪のない赤ん坊も巻きこまれる。レーシングチームの一員となるのがどれほど幸せか、そしてどれほど冷たく追い払われたかを思い出すのよ。

論理的に考えれば間違っているとわかっていても、当時の感情がよみがえり、恐怖がはかない希望をぬりつぶすのをとめられなかった。グレイソンがレースで恩恵を受けるさまざまな慈善団体についてのスピーチを始めたころには、笑うのも忘れ、手足に力が入らなくなっていた。

グレイソンは呼吸するのと同じくらい自然に魅力を振りまいていた。表向きは引退していても、彼はモータースポーツ界の人なのだ。でも私は違う。その事実をベッドでの相性がよければ変えられると自分をごまかしていた。

グレイソンと子供をもうけ、共同親権を持ち、きちんと一線を引いた関係でいるつもりだった。つかの間の関係なら、時間がたてば離れられる。でも私が彼を愛してしまったせいで、すべてが変わった。二人で幸せになれるかもしれないという夢を見て、自分を見失っていた。グレイソンは幸せなんて求める人じゃないのに。

つらくても、やり遂げるのよ。

イジーは唇を強く噛《か》みしめ、〝これよりずっと悪い時期も乗り越えてきたでしょう〟という言葉を繰り返した。アストリッドがそばにいるので顔をそむけ、涙をこらえる。私はここにはいられない。そのことはずっとわかっていた。それなら、避けられない別れを先延ばしにしていても意味はない。

傷口に貼っていた絆創膏《ばんそうこう》をはがすのと同じだ——迷わず、すばやく行うしかない。

イジーはパーティの主要なスピーチが終われば、スイートルームに戻ろうとグレイソンを説得できるかもしれないと期待していた。この話は二人きりでするのがいちばんだからだ。しかし彼からは〝散歩に行こう、特別な計画があるんだ〟と言われた。あと一時間、華やかな世界にいられると思うとイジーは逆らえなかった。

グレイソンにどう切り出すのかは、まったくわからない。けれど、こんな関係は続けられないとは伝えなければならない。彼が続けたがっているとは限らないのに。それでも、伝えないという選択肢には耐えられないのだ。

なにもかも手に負えなくなっていく気がする中、イジーはシンガポールでも有名な美しい庭園の間にある細い橋を渡った。グレイソンのあとを歩くにつれ、恐怖のあまり緊張がつのった。二人はこれまで庭園には立ち入ったことがなかった。

「夜のこの時間、ここは入れないんじゃないの？」グレイソンがガーデンズ・バイ・ザ・ベイのスーパーツリーに向かう石の小道へ促したとき、イジーは口を開いた。

「特別に許可をもらった。この国でただ一人のエリート・ワン・チャンピオンである役得だよ」そう言ってウインクしたグレイソンは、これまでになく明るい表情をしていた。

「きれいね」ピンクや黄色や紫色にライトアップされた人工樹を見あげて、彼女は言った。色とりどりの光に照らされた肌とドレスはさながらタペストリーのようだ。

グレイソンを振り返ると、彼は不思議そうな表情をしていた。「この一週間、僕といて幸せだったよな？　君のことがよくわかっているから、そう思えているならいいんだが」

「もちろん幸せだったわ」イジーは空と建物を眺めて美しいと思ったけれど、心の中の空洞が消えることはなかった。「グレイソン……私たちはうまくいってほしいと願うあまり、都合のいいところしか見えていないんじゃないかと思うの」

「僕もそうだと？」

「たぶん、私一人がなんでしょうね」イジーは喉のしこりをのみこんだ。「私たちはあまりにも違いすぎるわ。歩む人生もかけ離れているから、契約には同意した。私たちの関係は距離を置いたほうがうまくいくと、どちらも納得していたでしょう」

「だが、もしそれが最善でなかったらどうする？」グレイソンが彼女の手を取った。「今の君はとても美しい。しかし僕はその美しさだけの虜《とりこ》じゃなく、君のすべてに夢中なんだ」

そのひと言ひと言が胸に突き刺さり、イジーはかぶりを振った。「グレイソン、私は――」

「頼む、先に言わせてほしい」彼が大きく息を吸い、タキシードのポケットからベルベットの小箱を取り出した。うっとりする笑みを彼女に向けて小箱を開けると、きらめくダイヤモンドの指輪が現れた。

「次に体を重ねるときにははっきりさせてほしいと言ったから、そうしたよ」

今夜二度目に膝をついたグレイソンを、イジーは畏敬と恐怖の入りまじった目で見つめた。

グレイソンはショックを受けたイザベルの顔を見て、自分が間違いを犯したのを即座に悟った。

沈黙が訪れても、イザベルはただ驚いただけではないかという希望を捨てられず、その場から動けなかった。今にも彼女が笑って腕の中に飛びこみ、自分が聞きたかった言葉を叫ぶという希望を。

しかし、イザベルは笑うことも言葉を発することもなかった。よく見ると、彼女は唇を震わせて泣き出していた。僕はどこかでなにかを読み違え、重要な点を見落としたのだ。

すぐに立ちあがったグレイソンは、イザベルの両手を握った。その手の冷たさが気に入らなかった。

「この展開は想像とは違ったな……」冗談めかした口調を心がけたが、声には緊張が表れていた。

それでもイザベルは黙っている。

「イザベル、僕は本気なんだ。君と結婚して家族になり、一緒に子供を育てていきたい」

彼女が目を閉じた。グレイソンの言葉で心の中のなにかが砕けたのか、そっと首を左右に振った。

「まったくもう」声は小さく、痛々しかった。「私は全部一人でやるつもりだった。なのにそこへあなたが現れて、私に希望を持たせた」

「希望はいいものじゃないか」

「そうでもないわ」イザベルが目を開けた。「結婚についてどう考えているか、前に話してくれたでしょう？　何年も前、あなたは結婚という制度に耐える唯一の方法は、感情をまじえないことだと言っていたわ。それがあなたの本心だと思うの。あなたは私を切望していると言ったけど……私はいつの間にかあなたに恋をしてしまった」

衝撃的な告白をされてグレイソンは心臓がとまり、ふたたび動き出すのを感じた。彼はイザベルを強く抱きしめた。今回、彼女はどこにも行かない。僕はこの女性を手に入れる日をずっと待っていた。

しかし次の瞬間、自分はこのようなすばらしい贈り物にふさわしいという確信が、ほんの一瞬揺らいだ。グレイソンが凍りついたとたん、イザベルのまつげが震え、ゆっくりとまぶたが下りた。

一瞬のためらいで、イザベルの信頼は完全に消えうせた。目の前で彼女の表情が崩れていく。

身を振りほどこうとするイザベルを、グレイソンはいっそう強く抱きしめた。ピンクと緑色と紫色のライトが、彼女の頬を伝う涙を照らす。その涙は、彼が自分を信じられなかったのが原因だった。

しかし、適切な言葉はなかなか出てこなかった。

「イザベル、君が大切だ」グレイソンはどうにか口を開いた。「それをわかってほしい」

「わかってほしいですって？」イザベルが鼻を鳴らし、今度こそ彼から離れた。「あなたは結婚を冷たく無意味な結びつきとしか見ていない。私にそれを望んでいる事実が、いい証拠なのよ」

グレイソンは目を閉じ、ゆがんだ考え方をしていた過去の自分と鈍感な今の自分を呪った。「君への気持ちは冷たくもないし、無意味でもない」

「わかってる。だからよけいに悪いの。結婚は大きなリスクだわ、グレイソン。私はそんなリスクを冒せない。当初の計画を守れば、仲たがいをして傷つくことは避けられるもの」

「続きは家に帰って話そう」

「あそこは私の家じゃない。私には私の家がある。私の人生は望んだとおりにいっていたのに――」

「僕が現れて、すべてをだいなしにした？」

「私の口から言わせないで。一緒に過ごした時間が無駄だったとは思わない。なんの意味もなかったとか、なにもなければよかったとかとも思わない。この数週間はすごく幸せだったわ」

「それがずっと続くんだ。君がチャンスを与えてくれれば、それがかなう」

イザベルが悲しそうに首を振った。「あなたとは結婚できないわ」

グレイソンの胸にその言葉がずしりとのしかかった。後ずさりをする彼女の顎はこわばり、唇は引き結ばれ、本気で拒んでいるのがわかった。

彼の本能はイザベルを肩に担いでベッドへ連れていき、そこで説得したくてたまらなかった。イザベルがプロポーズを承諾すれば、二人の人生がどれほどすばらしいものになるか。

だが別の部分はイザベルにとってそうすることが最善なのか、それとも単になにがなんでも彼女が欲しいだけなのかと問いかけていた。もし結婚し、ここシンガポールで一緒に暮らすことをイザベルに納得させたら、彼女はアイルランドのコテージを売り払い、僕に合わせるためにすべての計画を変更しなければならない。僕は世界じゅうを飛びまわる多忙な生活を送っており、直前に予定が変更になる場合もしょっちゅうだ。疲労困憊《こんぱい》するまで動くことも多く、恋人らしいイベントに費やす時間もほとんどない。だから前の恋愛は失敗したのだろうか？

幸せにできないのに無理やり自分の世界に引きずりこむほど、僕はイザベルが欲しいのだろうか？　それは愛なのか？　本当にイザベルを愛しているなら、彼女を自由にし、僕といては得られない安らぎに満ちた家庭と落ち着いた生活をさせてあげるべきではないか？

14

グレイソンはウォームアップ走行を終え、いつものごとくレース前の期待に胸躍らせようとしたが、うまくいかなかった。サーキットを走るレーシングドライバーたちは、しばしば車との良好な関係をセックスに例える。車に調子を合わせられなければ、どんなにすぐれたドライバーも新人同然の走りしかできない。だが調子を合わせられれば超人的な感覚を得て、飛んでいるような気分を味わえる。

イザベルとのセックスもそんな感じだった。

レース前の心を落ち着かせる儀式もここまでだ。今までこれほど追いつめられたことはなかった。理由はレースそのものではなく、イザベルがレースに間に合いそうにないせいだった。しかも彼女は遅刻を僕ではなく、アストリッドに電話で伝えた。たしかにピットガレージでは携帯電話の使用が禁止されているが、イザベルはそれを知らないはずだ。

昨夜はぐっすり眠り、今朝はイザベルが起きる前にホテルを出た。彼女とベッドでプロポーズの話を蒸し返したくなかった。そんなことをしても、イザベルがますます逃げ出したくなるだけだ。

自分の軽率なプロポーズについて考えれば考えるほど、間違いだったと思い知った。自分勝手な僕は、どんな手を使ってでもイザベルをそばに置いておきたかったのだ。一箇所に落ち着いて子育てに専念することが大切なのだと彼女は考えているが、僕は家庭を最優先にはできない。いちばん大事なのはキャリアだからだ。

イザベルが僕を疑ったのも無理はない。

グレイソンは目を閉じ、いったいどうしてここまで間違ってしまったのだろうと思った。イザベルは僕を愛している。しかし子供の父親役は任せても、自分の心を任せるつもりはない。

契約を持ちかけたころは、イザベルを愛することはないと信じていた。まさか、自分がロマンティックな気持ちで結婚を望むとは思ってもいなかった。予測のつかない行動をとるブロンド女性に恋をするような愚か者になるとも予測していなかった。

だからこそ僕は数年前、イザベルを追い払ったのではなかったか？　彼女に特別ななにかを感じていたからこそ遠ざけたかったのでは？

整備スタッフが離れていくのを見送りながら、グレイソンはハンドルに手を強くたたきつけた。

「グレイソン、彼女が来たぞ」

スタッフの一人がイザベルの到着を知らせてきた、と気づくには少しかかった。

「話をさせてくれ」

見慣れた機材や声、レース開始を待つ観衆のために鳴り響く音楽にまじって、小さな雑音が聞こえた。ありがたいことに、スタッフはレーシングドライバーの無茶な要求にも疑問を持たず、三十秒もたたないうちにイザベルの息を切らした少しぎこちない〝聞こえる？〟という声がした。

「やあ」一瞬、グレイソンは二人の間に緊張を感じ取った。もし彼女と直接会っていたら、この緊張を払拭するために最善を尽くしただろう。しかし、今は自分の気持ちを伝えることしかできなかった。

「モニターに僕が映っているのが見えるかい？」

「ヘルメットに描かれているのは私のイラスト？」

「そうだ。何年も前に僕がつけた」ファルコ・ルーのピットガレージにルカのために描いたイザベルの絵があったのを思い出して、彼はほほえんだ。「今日はこれが必要だったんだ。ゆうべは、僕たちの関係が単純なものではないとわかっておくべきだったよ。しかし、たとえまわりにいるスタッフにはやしたてられても、あのとき言ったことは謝らない。僕は一言一句、本気で言ったんだ」

さまざまな関係者からスタッフ全員の退去を告げる通信が入った。その声は二人の耳にも届いた。

グレイソンは咳《せき》ばらいをし、時間がないのを悟ったものの、レースが終わったらイザベルが待っていると知っておきたかった。「そろそろみたいだ」

「そうね」

「僕と結婚できないという君の言葉を、僕は尊重しようと思う。だが、まだ希望はあると信じているんだ。今すぐ君のもとへ行けば、もう一度愛しているという言葉を聞けるだろうか？」

「グレイソン、私はここで待ってるわ。約束する」

それは望んでいた愛の告白にはほど遠かったが、新たな希望にはなった。今の二人には必要なものかもしれない。

周囲のエンジン音が耳を聾《ろう》し、するべきことを思い出させた。慈善団体はグレイソンを頼りにし、ファンはいつも彼が見せてくれるドラマティックなレースを待っていた。慣れ親しんだエンジンの振動を感じ、群衆の歓声を聞きながら、彼は深呼吸をした。

もう一度話をするまで、イザベルをアイルランドへは帰さない。だが、まずはこのレースに勝たなければ。

イジーはピットウォールから一歩下がり、震えながらヘッドセットを整備のチーフスタッフに返した。

赤ら顔の彼がわかっているというようにうなずいた。残りのスタッフはわざと彼女と距離を置き、仕事に集中していた。

一人になりたくて、彼女はピットガレージの奥にあるトイレに向かった。レースに間に合うよう急いでいたときから、グレイソンが雨の中を走ると知って神経質になっていた。

私は逃げているの？

人と関係を築くのはいちばん苦手だ。理由は心理学の学位がなくてもわかる。私の人生は安定とはほど遠く、失望させられたり見捨てられたりばかりしてきたため、人一倍警戒心が強くなった。それを鎧《よろい》として心にまとっているのかもしれない。昨夜、彼のプロポーズを拒絶したのは間違いだったのかしら？　彼の気持ちを考えず、勝手に誤解していた？

イジーは人と距離を置くことにうんざりしはじめていた。そうしていても自分を守っているとも、心が安まるとも思えなかった。グレイソンといると支えられている気がするし、彼は必要なときにそばにいてくれた。人工授精を受けて子供を育てるという計画をだいなしにした際も、できない約束をするのではなく、よりいい提案をしてうめ合わせをした。アイルランドまで私に会いに来て、まっすぐな目で見つめてもくれた。言い訳はしていたけれど。

　昨夜、完璧なプロポーズを拒絶し、ひと晩じゅう寝室にこもって涙を流していたときも、グレイソンは私を心配してくれた。レーシングカーのコックピットといういちばん大好きな場所に久しぶりにいたのに、私と話をしたがった。

　イジーはトイレの鏡に映った自分の姿を見つめ、胸の奥で感情の泡がはじけるのを感じた。しかし、唇からもれたのは嗚咽《おえつ》ではなく笑い声だった。自分自身の愚かさと、彼女とチーム全員にとんでもなくロマンティックな告白を聞かせたグレイソンがおかしかった。彼には恥も外聞もないのかしら？

　グレイソンの嫌いなところをあげるのはむずかしい。レースやタブロイド紙での評判を知っていても、恋人同士として過ごした際の彼は私の理想の男性そのものだった。まるで神さまか誰かが私に心を守るのをやめさせるために、ありったけの魅力を備えた男性をつくってくれたみたいだった。

　自分の考えが変わったことが信じられず、イジーは深呼吸をし、もう一度同じことをした。本当にびっくりだ――昨夜の私ははっきりと、二人が結婚したとしてもうまくいくはずがないと確信していたのに。

　長年走ってきたシンガポールのサーキットが、これほどひどい雨に見舞われたことはなかった。土砂降りの中、レーシングマシンを走らせると、路面は氷のような輝きを放った。濡《ぬ》れた路面でのグレイソンのドライビングテクニックは他の追随を許さないもので、通常のエリート・ワンのレースであれば、こういう悪天候は大いに歓迎するところだった。

　しかし、今回はいろいろな意味でいつものレースとは違っていた。全部のシグナルが点灯したあと、走り出した瞬間から、グレイソンはピットガレージで自分を見ている女性のことを頭の片隅で思いつづけていた。

スピードを落とさずにコーナーを曲がるたびにタイヤの感触を確かめながら、グレイソンはその事実を痛感していた。そして一周目を終えたとき、まだ数えきれないほど何周も走らなければならないというのに、イザベルと過ごしたこの数週間のある時点で、自分が取り返しがつかないほど変わってしまったことを悟った。

また別のヘアピンカーブを曲がった瞬間、周回遅れのマシンが壁に激突した。鉄の塊がすさまじい勢いでスピンしながら、自分のマシンに迫ってくる。

そのときグレイソンの頭の中にあったのは、イザベルに愛していると伝えられなかった後悔のみだった。

15

遠くでタイヤのきしる音が響く前から、イジーはピットガレージの空気が一変したのを感じていた。壁一面のモニターに繰り広げられる光景に、誰もが固まる。さまざまな角度のスピンするレーシングマシンが画面をうめつくし、彼女は気分が悪くなった。

わかったのはあるレーシングドライバーがスピードを出しすぎてマシンを制御できなくなり、ほかの複数のマシンをスピンさせる事故を起こしたことだけだった。雨の中、イジーはどのマシンのヘルメットがグレイソンと同じ色なのかを必死に確認した。

彼の名前が刻まれているのはどれ？

ファルコ・ルーのスタッフがイジーには理解でき

ない複数の言語で協議しはじめたので、彼女は脇へ追いやられた。自分とは違って、彼らはチームの一員の無事を確認するためになにをするべきか知っている。ヘッドセットでグレイソンのマシンとも、競技役員やレースの審査員とも連絡できる。

ピットガレージの奥の廊下にハイヒールの音が鳴り響き、必死の形相をしたアストリッドがドアから飛びこんできて、イジーは心から安堵《あんど》した。レース中、彼女は二階でチームの上層部やイベントのスポンサーと懇談していた。イジーもそこに招かれていたが、彼女はグレイソンを支えたいとアストリッドに言ったのだった。

今、その考えはあまりにもばかげていて、イジーは大声で笑いそうになった。じゃまにならないように待つ以外、彼女にはなにもできなかった。

アストリッドは無言でただイジーの手を握った。二人でモニターのほうを向いて心の中で祈っていると、しばらくして部屋にいた専門家たちが息を吐き出した。衝突に巻きこまれたドライバーたちは全員無事で、ファルコ・ルーの二人のドライバーもコース上にある大量の障害物が取り除かれたら戻ってくるらしい。チームの代表が大声でそう告げると、イジーはみんなの注目の的となった。

「さあ、仕事だ」代表が口を開き、指示を出しはじめた。イジーは喜びのあまり、意識が遠くなるのを感じた。顔を両手でおおい、すすり泣きをもらす。

グレイソンは無事だった。

背後でファルコ・ルーのレーシングマシンがとまる轟音《ごうおん》が聞こえても、イジーは立つ気になれなかった。あらゆる事態を経験している人たちに比べ、震えている自分がばかみたいだ。

顔を上げると、グレイソンの大柄な体がマシンのコックピットから出てきた。

「なにをしているんだ！　おまえはポールポジショ

ンなんだぞ」代表がうなった。

「レースは再スタートになるから時間はある」

グレイソンがヘルメットのバイザーを上げ、一人の人物に強烈な視線をそそいだ。

イジーに。

ヘルメットを取ったグレイソンは、まるで戦いから帰ってきた戦士のようだった。汗が漆黒の髪から彫像を思わせる顎を伝ってしたたり落ちている。彼女の前でとまったグレイソンは、唇を引き結んだまま小声でののしった。

「なんてことだ。顔が真っ青だぞ」

恐ろしげな表情とは対照的に、イジーの顎を包む手はやさしかった。チームの代表がもう一度マシンに戻れと呼びかけたが、グレイソンは無視した。そして苦悶《くもん》の表情でイジーを見つめつづけた。

「チームの人の言うことを聞いて。あなたはレースを終えないと。私なら大丈夫」

「本当か？」グレイソンの観察眼はいつもながら鋭かった。「僕は違うのに」

「怪我《けが》をしたの？」

体に出血の跡がないか目を凝らしながら、イジーは反射的に彼の脇腹を撫《な》でた。

触れられたグレイソンが目を閉じて深呼吸をする。

「ああ、どうしよう、痛いのね」

しかし彼女が引っこめようとした手を、グレイソンが心臓の真上にあてさせた。「怪我はしていないが、大丈夫でもない」彼が荒々しい声で言った。その口調は無線から聞こえた、なめらかで自信に満ちた尊大な声とはかけ離れていた。「僕のキャリアで何度今みたいな状況に陥ったか、君は知っているか？　数えきれないほどだ。僕はこういうときほど燃えるんだよ。勝つこと以外には頭が働かず、反射神経が研ぎすまされ、アドレナリンを燃料にする。恐怖を感じることを自分に許した覚えはない」

イジーはどうにか息を吸った。以前、グレイソンはマシンの中にいて緊張することはほとんどないと言っていた。でも今、私の手に重ねられた彼の手はほんの少し震えている。

「イザベル……前方でクラッシュが起こり、マシンが飛んでくるのが見えたとき、僕の頭は初めて勝つこと以外を考えていた。君のことを」グレイソンが身を乗り出し、汗で湿った額を彼女の額に押しつけた。「君のもとへ戻ることに比べれば、勝つことなどなんの意味もない」

「勝つのはあなたの仕事でしょう、グレイソン。リスクは理解しているし、私は応援するためにここにいる。今日だけだとしても、あなたがレースに復帰すると決めてもね。夢のじゃまはしないわ」

「そうだろうな。そんな君だからいっそう尊敬する。だが問題があるんだ。僕はもうレースをしたいとは思わない。僕が正しいことをしていると思えるのは、君を腕に抱いているときだけだから」

衝撃的な言葉が胸をつき、イジーは目を閉じた。人生で誰が今みたいなことを私に言ってくれるかしら？ 私が無事か確認するために、すべてをなげうって駆けつけてくれる人がいる？

「でももしマシンに戻らなかったら、レースに負けてしまうわ。勝つことが好きなんでしょう？」

「君を愛することに比べればどうでもいい」グレイソンがイジーの顔を両手で包みこみ、茶色の瞳をブロンズ色に輝かせた。「ゆうべは失敗だった。あのプロポーズを何度も思い返しては、もっと違うやり方をすればよかったと後悔したよ。だがひとたびなにかが欲しくなると、それしか見えなくなるんだ——君との子作りでなく、君自身しか。僕はつねに自分のキャリアを優先させ、中心に考えていた。本心からそう思っていた。子供が僕のモータースポーツとのかかわりのさまたげにならないよう、距離を置いていたいとも心から思っていた。自分のエゴには今でも驚いてしまう。これほどまでになにもわかっていなかったとは……。君に恋をしていると気づいても、僕はまだ抵抗していた。信じていたものにしがみつこうとし、君には僕の一部しか手に入らないと思わせた。だがこの数週間、君と一緒にいるうちに、前に君を遠ざける原因になった古い感情がよみがえってきたんだ。あのころの僕はまだ君を受け入れる心の準備ができていなかった。自分勝手すぎたよ。たぶん、今もそうだと思う……」

「あなたは私が知る中で、いちばん自分勝手からは遠い人よ。あなたは私を安心させ、愛されてると感じさせてくれたもの。遠ざけたりしてごめんなさい」

「もうそんなことはしないという意味かい？」

「不安にならないと約束はできないわ。私の心の傷は決して消えないから。でも努力はする。恋人のふりはしたから、今度は本物の恋人になるつもり」

「まだわからないかい？　君はずっと本物だった」

　グレイソンがイジーを抱きよせて、熱いキスをした。まわりで歓声があがる。彼が身を引き、イジーの顔を両手で包んで愛と憧憬をこめたまなざしを向けてから、チームメイトに向き直った。

「ニーナ、ファルコ・ルーのために勝て。君ならできる」

　ヘルメットをかぶっていてもバイザーを上げているので、ニーナ・ルーの目が明るく輝いたのがわかった。彼女は敬礼すると、レースに戻るためにピットレーンへ飛び出していった。

　グレイソンがイジーの手を取り、廊下や小道を通り抜けて彼の豪華な控え室へ引っぱっていった。

「グレイソン……レースはどうするの？」イジーは息を切らしながら尋ねた。控え室のドアを乱暴に閉めた彼が、二人の服をせっせと脱がせはじめる。

「最高の賞品がここにあるのに、僕が外で時間を無駄にすると思うか？」

イジーはあっけに取られ、ついで笑みを浮かべた。

「もし私があなたの最高の賞品だというなら、私はあなたのトロフィーワイフ——お金持ちが見せびらかすための妻になるの？」

「おもしろいな」グレイソンが笑い、真剣な表情になった。「僕と結婚する気がなくなったか？　指輪を持ってないから——」

「いらないわ、グレイソン。あなたがいれば」

彼がイジーを抱きよせた。「僕が本当に君の愛にふさわしい男かどうかはわからないが、これからそういう男になるよ。毎日、君をどれだけ愛しているか精いっぱい伝えるつもりだ」

そして、ふたたびイジーにキスをした。

エピローグ

「これ以上スピードを落としたら、後ろに進んでいるのと同じだわ！」夫が田舎道のヘアピンカーブをまたものろのろ運転で曲がったので、イジーは笑った。

「雨が降っているんだから安全対策だよ」グレイソンがうなった。「君の吐き気対策でもあるんだぞ」

「今朝は吐かなかったわ」彼女はほほえみ、赤ん坊が順調に育つまだやわらかいおなかを撫《な》でた。「でもこの調子だと、空腹で気を失いそう」

「ブランチをとる前に、一箇所寄りたい場所があるんだ」彼が言った。

なにをたくらんでいるのかしら？

「直線は最速で走ろうか？」夫がすました笑みを浮かべ、イジーの好きな手つきでギヤを変えた。

「了解、グレイソン。限界まで攻めてよし」彼女はレース中の無線をできるだけまねた。

レースに復帰したグレイソンはブラジル・グランプリのあと、冬を過ごすためにアイルランドへ帰る前に、暗いピットガレージのレーシングマシンの上でイジーと愛し合うという約束を果たした。そしてイジーの小さなコテージへイヴと妻のモイラと彼女たちの娘を招き、初めてのクリスマスディナーを楽しんだ。

　一月のアイルランドの天候らしく雨は激しかった。イジーは、日常生活ではレースのときのように速さを追求しないグレイソンに感謝していた。世界屈指のレーシングドライバーと結婚したにもかかわらず、彼女は夫のスーパーカーに乗るのを許されなかった。彼はそれらを全部スイスの別荘の地下室にしまいこみ、〝十八年後に会おう〟と冗談を飛ばした。

　妊娠の知らせには狂喜乱舞し、最新のベビー用品を買いあさったり、最高に突拍子もない名前を提案したりした。もう少しで別々の道を行くことになっていたのが信じられない……。グレイソンと情熱を交わしてイジーの人生は変わり、毎日彼に愛されることがすべてになっていた。

　車が道端でとまり、彼女は人けのない野原を見て顔をしかめた。「なにをたくらんでいるの？」

「ついてくればわかる」

　夫のあとを歩いていくと、キャンバス地のスニーカーがびしょびしょになった。グレイソンは高価なブーツを五足も買ってくれたが、イジーは古いお気に入りのブーツを手放さなかった。

「記念日おめでとう」夫がにっこりして言った。

　イジーは眉をひそめ、周囲を見まわした。「結婚記念日はまだ五カ月も先だけど」

「そっちの記念日じゃない」グレイソンが肘を差し出し、丘陵地帯を歩く彼女を支えた。

「ああ……」イジーは気づいた。吐き気がおさまっても倦怠《けんたい》感が始まっていたので、すっかり忘れていた。「今日だったの？」

「そうだ」グレイソンはほほえみながら後ろにまわって彼女を抱きよせた。「今日から一年前、僕は子供をつくろうと提案した」

イジーは笑顔で、もう遠い昔に感じられるその日を思い出した。あのときは自分の完璧な計画がだいなしになったと思ったけれど、今の私は我が家と思える男性の腕の中にいる。

「子供をつくるという契約を交わしたことを、あなたはどう思ってたの？」

「人生で最高の契約かな」

「まあ、初デートの日を記念日にする人もいるものね……」

「じゃあ、僕たちはスイスの不妊治療クリニックで騒いだのを記念日にしようか」

「あなたはすごくあせってたわね」イジーは笑った。

「真実を知ったら、君だってあせっていたはずだ」グレイソンがキスをした。「君は僕のプレイボーイの一面をめちゃくちゃにした」

「ああ、グレイソン・コーは有名な独身主義者だったから。気むずかしい人だったわ」

「彼は誤解されていただけだ」グレイソンがたしなめた。「自分を三人称で呼んでいるくらいだから驚くことじゃない。たった一度のひどい吹雪がすべてを変えてしまうとは、誰に想像できただろう？」

「いいほうに変わったのならいいんだけど」

「最高の変化だったよ。そして第二章が始まるんだ」イジーのおへその下あたりを、彼がやさしく撫でた。「僕たち二人は新しい一歩を踏み出すときがきたんだ。心の準備はいいかい？」

「ピクニックに行くのにそんな誘い文句が必要?」

イジーはほほえんだ。

グレイソンが口角を上げた。「僕たちはピクニックに来たんじゃない。ここがどこかわかるかい?」

彼女はもう一度なだらかな緑の丘を見まわした。

「野原でしょう……」

「この十エーカーの土地は夢の家を建てられるのを待っているんだ」彼がジャケットのポケットから筒状の紙を取り出して広げた。「これは設計図だ。設計士には、最終的な決定権は君にあると伝えてある」

イジーは息ができなくなった。そこには家——彼女が雪の夜、グレイソンに話した家が設計されていた。子供のころ、何度も何度も描いた正方形の家が。イジーは一つ残らず覚えていた。どんな些細《ささい》な点も、赤い玄関のドアも思い浮かべられた。

彼女は目を閉じた。感情が押しよせてきて涙がこぼれ、顔がくしゃくしゃになる。しかし、泣くのをこらえはしなかった。夫の温かい首筋に顔をうずめ、二人の未来に向けたすばらしい計画を嚙《か》みしめた。

しばらくの間、グレイソンは泣きじゃくるイザベルを抱きしめていた。この二カ月間は二人が根を下ろすのに最適な場所をさがしつづけると同時に、翌年のスケジュールを大幅に変更してレースの予定を減らした。それでも彼は、妻が最初の家から離れることを迷うと予想していた。彼女自身が苦労して見つけ、リフォームをした家だったからだ。

妻がどういう反応をしても当然だと、グレイソンは覚悟していた。しかし明らかに喜んでいないようすの彼女を見ているうちに、胸が苦しくなった。

「泣いたりしてごめんなさい」イザベルが蚊の鳴くような声で言った。

「謝らないでくれ。つらいならなにも言わなくていい」

イザベルが深呼吸をしてため息をついた。グレイソンの胸を拳で軽く打ち、くすくす笑い出したので、彼はほっとした。

「僕たちはどこにでも住めるが、将来を真剣に考えるなら、家族が増えてもいい家に住むべきだよ」笑っている妻の顔を両手で包み、涙をぬぐった。

イザベルが購入した小さなコテージはこの一年、アイルランドと世界じゅうで開催されるレースとを行き来するのに最適だった。もうすぐ三人になってもちょうどいい広さだったものの、彼らは最近タイミングが合えば養子縁組も考えていた。

「ここは小さな郡ほどの広さがあるわ」イザベルが笑った。「私たち、いったい何人の子供を持つの？」

「君が許してくれるなら、何人でも」

「今はこの子に集中しましょう」イザベルが手を自分のおなかにあてた。

「このプレゼントはやりすぎだったのかな？」

「完全にやりすぎだわ。でも、すごく気に入った」彼女が爪先立ちになってグレイソンの顎にキスをした。「どこに住むとしても、あなたを愛してる。ここに二人で家を建てて、愛でいっぱいにしたい。それが今の私の夢よ」

「君がいるだけで僕の夢はかなっているよ、イザベル・オサリヴァン」

彼女がにっこりして頬を明るい薔薇《ばら》色に染めた。

「そんなこと言わないで。あなたにしがみつきたくなるから」

「僕たちはまだ両足を地面につけている」グレイソンはイザベルの耳を唇でたどった。「僕がじっと立っているから、しがみついてくれないか？」

「そう言ってくれると思ってたわ」

この美しい女性とキスをするたび、グレイソンは最初のキスと同じくらい夢中になれた。イザベルが彼の首に両腕をまわし、熱い肌を押しつけてしっかりと抱きつくと、彼女の甘美なヒップを両手で包みこみ、興奮した下腹部へ引きよせる。すると、唇を重ねつつ妻がうめき声をあげた。

　グレイソンは二人がぬかるんだ野原にいること、また雨が降りはじめたことにぼんやりと気づいたが、幸せすぎてどうでもよかった。二人のキスは純粋な欲望と、これから一緒に歩む人生に対する喜びと情熱に満ちていた。体は燃えるように熱く、自分がいちばんよく知る方法でイザベルを求めたくてたまらなかった。

　しかしそのとき風がおさまり、静寂の中にイサベルのおなかの鳴る音が響いた。

「僕にしがみつくのはブランチのあとのほうがよさそうだ」彼女がキスで腫れた唇をとがらせたので、グレイソンは笑った。

「わかったわ。でも必ず戻ってくると約束して」

「僕たちはこれからここにしょっちゅう来ることになると思うよ。赤ん坊が生まれるのに間に合うかはわからないが、挑戦を楽しむつもりだ」

　イザベルと手をつないで歩き出したグレイソンは、降る雨の一滴一滴に安らぎを感じた。アイルランドの気まぐれな天候も、予想のつかない行動をする妻も、そして彼女の決して期待どおりに動いてくれないところも愛していた。

「半年で家を建てるって、本気なの?」イザベルが唇を噛んだ。「そんなに早くは無理でしょう」

「ダーリン、僕たちの関係はあっという間に変わったじゃないか」

「どんなにあっという間でも、幸せになる結末は変わらなかったでしょうね」イザベルがほほみながらグレイソンを抱きしめ、もう一度キスをした。

ハーレクイン®

黄金の獅子は天使を望む
2024年9月5日発行

著　　者　アマンダ・チネッリ
訳　　者　児玉みずうみ（こだま　みずうみ）

発 行 人　鈴木幸辰
発 行 所　株式会社ハーパーコリンズ・ジャパン
東京都千代田区大手町 1-5-1
電話 04-2951-2000（注文）
0570-008091（読者サービス係）

印刷・製本　大日本印刷株式会社
東京都新宿区市谷加賀町 1-1-1

造本には十分注意しておりますが、乱丁（ページ順序の間違い）・落丁（本文の一部抜け落ち）がありました場合は、お取り替えいたします。ご面倒ですが、購入された書店名を明記の上、小社読者サービス係宛ご送付ください。送料小社負担にてお取り替えいたします。ただし、古書店で購入されたものについてはお取り替えできません。®とTMがついているものは Harlequin Enterprises ULC の登録商標です。

この書籍の本文は環境対応型の植物油インクを使用して印刷しています。

ISBN978-4-596-77711-9 C0297

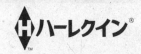

ハーレクイン・シリーズ 9月5日刊 発売中

ハーレクイン・ロマンス

愛の激しさを知る

黄金の獅子は天使を望む	アマンダ・チネッリ／児玉みずうみ 訳	R-3901
嵐の夜が授けた愛し子《純潔のシンデレラ》	ナタリー・アンダーソン／飯塚あい 訳	R-3902
裏切りのゆくえ《伝説の名作選》	サラ・モーガン／木内重子 訳	R-3903
愛を宿したウエイトレス《伝説の名作選》	シャロン・ケンドリック／中村美穂 訳	R-3904

ハーレクイン・イマージュ

ピュアな思いに満たされる

声なき王の秘密の世継ぎ	エイミー・ラッタン／松島なお子 訳	I-2817
禁じられた結婚《至福の名作選》	スーザン・フォックス／飯田冊子 訳	I-2818

ハーレクイン・マスターピース

世界に愛された作家たち
～永久不滅の銘作コレクション～

伯爵夫人の条件《特選ペニー・ジョーダン》	ペニー・ジョーダン／井上京子 訳	MP-101

ハーレクイン・ヒストリカル・スペシャル

華やかなりし時代へ誘う

公爵の花嫁になれない家庭教師	エレノア・ウェブスター／深山ちひろ 訳	PHS-334
忘れられた婚約者	アニー・バロウズ／佐野　晶 訳	PHS-335

ハーレクイン・プレゼンツ作家シリーズ別冊

魅惑のテーマが光る
極上セレクション

カサノヴァの素顔	ミランダ・リー／片山真紀 訳	PB-392

※予告なく発売日・刊行タイトルが変更になる場合がございます。ご了承ください。